KB248483

나무, 바람을 사랑하다

나무, 바람을 사랑하다

MBC Radio 옥주현의 별이 빛나는 밤에 〈청춘극장 1막1장〉

정현주 지음

책만드는집

프롤로그

사랑 앞에서 난 오래도록 성냥팔이 소녀와 같았다.
바람은 차가웠고, 어둠이 내렸으나, 나에겐 돌아갈 집이 없었다.
창가 불빛이 유난히 따뜻한 집 앞을 지날 때면
나를 스치는 바람이 더 차게 느껴져서
난 가지고 있던 성냥에 불을 붙였다.
하지만 불은 이내 꺼졌고, 다시 추워졌다.
불을 켜기 이전보다 더 춥게 느껴졌던 것 같다.

왜 내가 가는 길은 쉽지 않은 거냐고,
사랑 안에서 누구나 해봤을 질문을 반복하던 어느 겨울날,
창가에 서서 나는 깨달았다.
내 몫의 집이 없었던 것이 아니라
문을 열고 들어설 용기가 없었기 때문에
내가 오래도록 추워야 했다는 것을.

그날, 나는 창문 위에 하얗게 입김을 불었고,
누군가의 이름을 적어 넣고 싶었지만, 그러지 못했다.
생각해보면 항상 그랬던 것 같다.
열일곱, 열여덟. 흔들림 없이 한 사람만을 마음에 품고 있던 나는
비 오던 날, 버스 창가에 앉아 뿌옇게 흐려진 창문에
손가락으로 낙서를 하고 있었는데,
마음속으로는 그 사람 이름을 수없이 생각했으면서도
또래의 소녀들이 흔히 하는 것처럼, 뿌연 창문 위에

좋아하는 사람의 이니셜조차도 그려 넣지 못했다.
그만큼의 용기도 없었으므로,
사랑을 붙잡지 못하고 스쳐 보냈다는 걸
나는 아주 나중에 겨울 창가에 서서 깨달았다.

〈청춘극장 1막1장〉 원고를 읽고 나면 DJ와 게스트들은 묻는다.
"이거 경험담이에요?"
"도대체 사랑을 얼마나 해본 거예요?"
그러나.. 얼마나 오래, 얼마나 많이.. 이런 것은 중요하지 않은 것 같다.
단 한 번의 사랑이라도,
사랑 안에 빠져봤던 사람은 누구나 경험했을 천국과 지옥을
나는 글로 옮겼을 뿐이다.

원고를 쓰는 동안 나는 그 겨울 창가에 서 있는 것 같았다.
사랑 안에서 내가 추워야 했던 것은
충분히 용기가 없었기 때문이라는 것을 깨닫던
순간순간의 기록을 담았다.
나 자신을 비롯해서 사랑할 준비가 필요한 사람들이
사랑할 수 있는 조금의 용기라도 얻는다면,
원고를 쓰느라 잠들지 못했던 모든 밤이
행복한 순간으로 기억될 것 같다.

-2005년 9월 정현주

차례

다시
사랑한다면

첫 번째 이야기 1

어느 날 문득 겨울이 찾아왔다. 모든 것은 얼어버렸고, 성장을 멈추었으며, 이미 뿌려둔 씨앗은 얼어버린 대지를 뚫고 나올 수 없을 것이므로 새로운 전망 같은 것은 있을 수 없어 보였다. 하늘은 몇 달째 회색빛이었고, 눈은 끝없이 내려 길을 가렸다. 그들은 어디로 가야 하는지 알 수 없었다. 문득, 사랑 안에서 겨울을 맞은, 행성과 주현은..

주현_ 이 문자 뭐야? 〈어디예요? 집이 아닌가 보네요. 나중에 봐요.〉 누가 보낸 거야?

행성_ 몰라.

주현_ 그럼 이건 뭐야? 〈피곤해서 일찍 잠들었어요. 문자 이제 봤네요. 나중에 봐요.〉 두 번이나 문자가 왔는데 그래도 몰라?

행성_ 몰라.

주현_ 보낸 메시지함에 자기가 보낸 것도 있네! 근데 모른다고? 진짜 모른다면, 어디 한번 걸어보자.

행성_ 왜 이래. 이리 줘. 이리 내놓으라니까!!

주현_ 모르는 사람이라면서. 누구냐고 물어보자구!! 전화 걸어!!

행성_ 너 정말 왜 이래?

주현_ 너야말로 왜 그래? 항상 뭔가를 감추고 있잖아. 요즘 들어 계속 이래. 솔직히 얘기를 하라구!

행성_ 솔직히? 더 이상 어떻게 솔직히? 내가 늘 이런 식이었다고? 그래, 솔직히 말해주지. 나.. 나 너 만나고 다른 여자 생각도 해본 적 없어. 나 좋다고 하는 사람 있어도, 난 정말 너밖에 없었는데.. 가버려. 내 집에서 나가라구!! 안 나가? 그럼 내가 나가지!!

주현_어디 가. 가지 마. 술 마셨잖아. 차 열쇠 내려놔. 제발 좀.. 알았어, 내가 갈게. 내가 갈 테니까, 자긴 제발 여기 있어.

행성_놔! 너 같은 앤.... 정말 숨 막혀. 놓으라구!

(# 쾅 하고 문 닫히는 소리)

| **#** | **2** |

주현_대체 어디로 간 거야. 술까지 마셨는데.. 주차장에 차도 없고..

늦은 시간까지, 주현은 정신없이 행성의 집 주변을 맴돌고 있었다.

주현_음주운전 같은 거 하는 사람 아니니까.. 멀리 안 갔을 거야. 근데 대체 어디로 숨은 거지..

그때, 길 건너 골목에 세워진 행성의 차가 보였다. 주현은 8차선 도로를 무단횡단했다. 그녀는 이전엔 평생 무단횡단 같은 건 해본 적이 없는 사람이었다.

(# 자동차 경적 소리)

지나가던 차들이 경적을 울려댔다. 그 소리에 행성은 주현을 발견했고,

주현이 보는 앞에서 차를 몰고 멀어져 갔다. 그리고 한 시간쯤 뒤. 집 앞 골목에서 행성의 창문을 바라보며 서 있던 주현은, 창문에 불이 켜지자 혼자 이렇게 작게 말했다.

주현_무사히 돌아왔으니 됐어.

돌아서는 주현의 어깨가 무척 무거워 보였다.

| # | 3 |

말없이 며칠이 지나갔다.

(# 소나기 소리)

저녁 무렵부터 비가 몹시 내리던 날. 늦은 시각. 고단한 얼굴로 돌아온 행성이 현관문에 열쇠를 꽂는 그때.

주현_이제 와? 늦었네.
행성_어.. 전화라도 하고 오지. 들어와.

무거운 침묵을 깬 것은 주현이었다.

주현_잘 지냈어? 그날은 내가 미안했어. 술기운에 좀.. 정말 미안하다. 많

이 생각해봤는데.. 난.. 사랑이 두려운 것 같아. 사랑에 빠지는 게
두려워서 자꾸만 도망갈 빌미를 찾았던 것 같아. 그런데.. 행성 씨
를 사랑하게 되어버렸어. 그리고 불안해졌지. 왜 그럴까.. 많이 생
각해봤는데.. 난.. 예전부터 모든 사랑은 반드시 끝난다고 생각해
왔던 것 같아. 나.... 사랑하는 일에 한발 늦는 사람이잖아. 나는 이
제 사랑인데.. 자긴.. 이미 끝일까 봐.. 두려웠던 것 같아. 미안해.

행성_ 두려웠던 건 나야. 언젠가 너에게 이런 말을 듣게 될까 봐 두려웠
어. 넌.. 끝없이 나를 밀어냈고, 언제든 떠날 수 있을 것처럼 굴었
지. 니가 그날, 그 번호로 전화한 것 때문만은 아냐. 그런 식으로 행
동하면 다시는 못 보게 될지도 모르는데 아무렇지도 않게.. 그렇게
행동하는 너를 보면.. 주현이는.. 나를 사랑하지 않는구나.. 느껴져
서.. 미안하다.

주현_ 나 그날.. 자기 집 앞에서 한참 기다렸어. 창문에 불 켜지는 것 보고
서 집에 갔어. 그날.. 술 마셨잖아. 잘못될까 봐 얼마나 걱정했는
데.. 기다리면서 무슨 생각했는지 알아? 한 달 전엔 지금보다 더 많
이 사랑했는데.. 일주일 전에도.. 행성 씨.. 나 사랑한다고 말했었는
데.. 아니.. 한 시간 전까지만 해도.. 그래도 우린 사랑했었는데.. 대
체 우리에게 무슨 일이 일어난 걸까. 정말 미안해. 하지만.. 그래
도.. 역시.. 헤어지는 게 맞는 거겠지?

행성은 대답 없이 일어나서, 책상 서랍에서 무언가를 꺼내왔다. 목걸이
였다. 행성은 주현에게 목걸이를 걸어주며 말했다.

행성_ 선물이야. 지난번에 너 주려고 사놨던 건데.. 싸우는 바람에 못 줬

어. 미안하다. 더 잘해줬어야 했는데.. 미안하다. 더 많이 사랑한다
고 말했어야 했는데.. 더 행복하게 해주고 싶었는데.. 미안하다.
나.. 이것밖에 안돼서.. 정말 미안하다.

주현_아니야.. 내가 미안해. 처음으로 다시 돌아갈 수 있다면.. 하고 정말
많이 생각했는데.. 하지만 시간은 거꾸로 돌릴 수 없으니까.. 이미
일어난 일들이, 없었던 일이 될 수는 없으니까.. 우린 너무 많이 와
버렸고, 이제 돌이킬 수 없는 곳까지 와버렸으니까.. 이렇게 돼서..
정말 미안해.

주현은 가만히 일어서서 맞은편에 앉아 있는 행성의 이마에 입을 맞추
었다.

주현_다시 태어나서 처음부터 다시 사랑할 수 있다면.. 우리 그때 다시
만나자. 그럴 수 없다면.. 다시는 만나지 말자. 상처만 더 깊어질 테
니까. 사랑했고, 미안했어.

주현은 뒤돌아섰다. 행성은 주현을 잡지 못했다.

| **#** | 4 |

시간은 무심히 흘러갔다. 주현은 아무 일도 없었다는 듯 잘 지내는 것처
럼 보였지만 조금만 유심히 봐도, 그녀의 평화가 위태로운 것임을 금방
알 수 있었다. 주현의 시선은, 문득문득 멀어졌다. 그것은 누군가를 기다

리는 눈빛이었다. 막막하게 시간이 흘러가던 어느 날이었다.

주현_ 아야!!

동윤_ 죄송합니다. 제가 휠체어 운전에.. 익숙하지 못해서요. 괜찮으세요?

남자가 내미는 손을 잡고 일어서면서.. 주현은 생각했다.

주현_ 참 따뜻한 손이구나... 행성 씨처럼 크고 따뜻한 손.

| # | 5 |

사랑 안에 있을 때 주현은.. 서쪽 하늘로 지는 태양을 보면서 생각했다.
사랑했던 하루가 가고, 또 새롭게 사랑할 하루가 오겠구나..라고. 그러나
사랑이 끝난 다음 주현에게 저녁노을은 사랑 안에 있던 날들을 생각나게
했으므로, 주현은 저녁노을을 피해 저녁 시간에 있는 영어 회화 강의를
신청했다. 여러 달이 흐른 뒤였다.

동윤_ 반갑습니다. 김동윤이라고 하는데, 오늘부터 이 수업 듣거든요. 신
고식 삼아서 수업 끝나고 제가 맥주 살게요. 다들 오실 거죠?

문득, 동윤이 나타난 날.. 주현은 모처럼 즐거웠다.

주현_ (들떠서) 동윤 씨, 그냥 사랑을 믿어요. 저기 창밖에 나무 좀 볼래요?

바람이 부니까 흔들리죠? 근데 흔들리는 건 나뭇잎뿐이거든요. 나무 둥지랑 나무 뿌리는 안 흔들리거든요. 사랑도 그래요. 바람이 불면 나뭇잎이 떨릴 수는 있죠. 그렇지만.. 뿌리까지 흔들리는 건 쉽지 않아요. 진짜.. 사랑이라면 말예요. 동윤 씨.. 앞으론 여자친구 더 많이 믿어주세요. 자.. 우리 마실까요?

동윤_ 주현 씨 얘기 참 마음에 드네요. 근데 어떻게 그런 생각을 다 하게 됐죠?

주현_ 사랑했던 사람이 있었어요. 아뇨.. 사랑하는 사람이 있어요. 근데.. 그 사람을 다 믿어주지 못했어요. 나요, 첫사랑이 되게 안 좋게 끝났거든요. 그래서.. 다시는 사랑하지 않으려고 했는데.. 근데.. 그 사람을 만나게 되어버렸어요. 좋아하지 않으려고 했는데.. 좋아하게 되어버렸고.. 사랑하지 않으려고 했는데.. 사랑하게 되어버렸고.. 근데.. 그게 너무 겁이 났어요. 믿었다가 또 배신당할까 봐.. 사랑했다가 또 상처받을까 봐.. 너무 무서워서 아무것도 아닌 일로 그에게 자꾸 화를 냈어요. 그러다 헤어졌죠.

동윤_ 그런데 아직도 사랑하는 거예요?

주현_ 1년도 넘게.. 목소리 한 번 듣지 못했지만.. 그래도 사랑해요. 근데 왜 다시 찾아가지 않느냐구요? 내가 그 사람 너무 힘들게 해서.. 다시 만나면 상처 주게 될까 봐.. 못 하겠어요.

동윤_ 처음부터 다시 시작하면 되잖아요.

주현_ 여기.. 내 무릎에 있는 흉터 보여요? 나 어릴 때 툭하면 넘어졌거든요. 깊은 상처는 흉터를 남기고, 흉터는 쉽게 없어지지 않아요.

동윤_ 그래서.. 흉터가 남은 곳이 아픈가요? 안 아프잖아요. 상처가 흉터를 남기는 건요.. 두고두고 아파하라는 뜻이 아니에요. 흉터는요,

조심해서 걸어라. 다음에 걸을 땐 더 조심해라.. 그저 이런 교훈을 남기기 위한 거라구요. 흉터는.. 과거를 기억하기 위해서가 아니라.. 더 나은 미래를 위해서 있는 거라구요.

문득 주현은 동윤에게 악수를 청했다. 더 이상의 말은 피하고 싶다는 표시 같았다. 동윤은 주현의 손을 잡았다. 순간, 주현은 동윤을 기억해냈다.

주현_우리.. 만난 적 있죠?

동윤_그땐.. 제가 휠체어를 타고 있었죠. 기억이라는 건, 머리는 잊어버려도 가슴이 품고 있고.. 가슴은 잊어버려도 몸에는 남아 있는 건가 봐요. 그동안 잘 있었나요?

| **#** | **6** |

동윤은 느리게 걷는 사람이었다. 주현에게 다가오는 일 역시 그랬다. 동윤이 늘 거기 있는 사람이구나..라고 주현이 생각하게 됐을 때쯤.. 동윤이 수업에 나오지 않기 시작했다. 일주일이 지나갔다.

주현_여보세요. 동윤 씨, 저 주현인데요.. 수업에 안 나오시기에 걱정이 돼서요.

동윤_학원 앞이죠? 그 앞 커피점에 가 있어요. 주현 씨.. 어디 가지 말고.. 꼼짝 말고.. 거기 있어요. 알았죠?

동윤은 금방 달려와 주현의 팔을 잡아끌었다.

동윤_아.. 배고파. 뭐 먹을래요? 밥 먹고, 차 마시고, 영화 볼까요? 가요,
얼른.

그날 밤, 주현을 바래다주며 동윤은 말했다.

동윤_일주일 안에 전화가 오지 않으면 주현 씨는 나한테 관심이 없는 거
다.. 포기하자.. 했는데.. 고마워요. 전화해줘서. 나.. 사실은 학원
근처에 있었어요. 전화기 손에 꼭 쥐고서.

주현의 집 앞에서 작게 손을 흔들며 돌아서던 동윤은.. 문득 생각난 듯
되돌아와.. 가만히 주현을 끌어안았다.

동윤_많이 보고 싶었어요.

그날 밤, 주현은 깊은 잠에 빠졌다. 행성과 헤어지고 아주 오랜만에 찾아
온 깊고 단 잠. 아침에 일어났을 때, 주현은 지나간 많은 일이 모두 꿈인
것만 같았다. 시간을 건너뛰어 아주 오래전.. 사랑으로 인해 단 한 번도
상처받은 적 없던 시절로 돌아간 것 같은 기분이었다. 그렇게.. 주현은..
다시 사랑을 시작했다.

동윤_ 미안해. 우리 1년 되는 날인데.. 이렇게 늦어버리다니.
주현_ 괜찮아. 기다리면서 책 읽었는데, 재밌었어.
동윤_ 나 잠깐 화장실 좀.

(# 휴대전화 진동 소리)

테이블 위에서 동윤의 전화가 흔들렸다. 그 즈음.. 동윤의 전화로 이전보다 훨씬 더 자주 문자가 들어오고 있었다. 액정에 〈어디예요〉라는 네 글자가 떠오르자, 주현은 현기증이 났다.

주현_ (에코) 어디예요.. 이 문자 누가 보낸 거지? 전화해보자.
행성_ (에코) 나가. 너 같은 앤.... 정말 숨 막혀. 놔!! 놓으라구!!
동윤_ 주현! 뭘 그렇게 열심히 봐?

문자를 보고 동윤은 당황한 기색이었다. 그러나 주현은 아무것도 묻지 않았다. 그리고 다음 날, 또 다음 날.

동윤_ 여보세요. 나.. 오늘 약속 취소해야 할 것 같아. 급한 일이 생겨서..

한두 시간 전에.. 약속을 취소하는 일이 많아졌지만 주현은 이유를 묻지 않았다.

(# 소나기 소리)

동윤_ 이제 와? 늦었네. 보고 싶어서 왔어.

비가 많이 내리던 날이었다. 주현의 집 앞에 동윤이 서 있었다. 주현이
그의 우산 속으로 뛰어들자, 동윤은 주현을 꼭 안고.. 이렇게 물었다.

동윤_ 왜 아무것도 묻지 않아? 약속 취소하고, 자꾸 늦고 그러는데도? 의
심스런 문자 메시지가 들어와도 왜 묻지 않아? 나.. 사랑하는 거 맞
아? 나.. 좋아하긴 하는 거야?

주현은 우산을 들고 있는 동윤의 손을 꼭 잡고, 그의 가슴에 기대어 말했다.

주현_ 널 잃고 싶지 않아서 그래. 다른 생각은 다 끊어버릴래. 다른 말은
듣지 않을래. 니가 말해주는 것만 듣고, 그대로만 생각할 거야. 널
잃고 싶지 않아서, 난 유리 위를 걷듯이 조심조심 한 발 한 발 걷고
있어. 다시 사랑하게 되면.. 꼭 이렇게 하고 싶었어.

동윤은 주현의 눈을 한참 동안 바라보다가 택시를 잡았다.

동윤_ 가자. 너한테 보여줄 게 있어.

주현_동윤 씨네 집.. 멋있다. 이 사진..... 동윤 씨가 찍은 거야?

단풍잎을 찍은 사진이었다. 다른 잎은 다 초록인데.. 가지 맨 끝에 달린 잎만 혼자 빨갛게 물들어 있는 사진.

동윤_그 사진.. 나한테 주는 경고 같은 거야. 서두르지 마라.. 그런 거. 사랑에 있어서 속도의 문제는.. 아주 중요하잖아. 난 언제나 혼자만 빨리 물들어버렸어. 그 사람은 천천히 사랑에 물드는 여자였는데.. 그녀가 사랑으로 물들었을 때, 내 사랑은 이미 낙엽이 되어서 지고 말았지. 다시 사랑하게 되면, 다시는 그러고 싶지 않아서.. 사진을 거기 붙여놓은 거야.

주현_집 구경 시켜줄래? 여긴 언제 이사 왔어? 인테리어는 누가 한 거야?

동윤_이상해. 난 예전엔 질문받는 거 정말 싫었거든. 오늘 뭐 했어? 어디 갔었어? 재밌었어? 누구랑 있었는데? 이런 질문이 다 구속이라고 생각했었는데.. 주현이가 질문을 해주면 참 기분이 좋아. 워낙 질문을 안 하는 사람이니까.. 날 정말 좋아하는 건가.. 통 알 수가 없잖아. 주현이의 질문을 기다리다 알게 됐어. 예전에 받았던 질문들.. 구속이 아니라 관심이었다는 걸. 그 관심을 관심으로 받아들이지 못한 건.. 그녀의 문제가 아니라.. 내 문제였다는 걸. 집 구경, 마음껏 해도 좋아. 어디부터 볼래?

동윤의 방문을 열었을 때였다. 침대 옆 테이블에 액자 하나가 눈에 띄었다. 액자는 엎어져 있어서 사진이 보이지 않았다. 주현은 그 액자 앞에서 잠시 망설였다. 그리고 용기를 내서 손을 뻗었다. 액자를 뒤집는 순간..

(# 유리 깨지는 소리)

주현_동윤 씨, 어떻게 된 거야? 왜 동윤 씨 방에.. 행성 씨랑 내 사진이 있어? 행성 씨랑 내가 같이 찍은 옛날 사진이.. 대체 왜.. 왜 여기 있냐구! 왜!!

(# 소나기 소리)

| # | 9 |

행성_(에코) 미안하다. 나.. 이것밖에 안돼서.. 정말 미안하다.

주현_(에코) 다시 태어나서 처음부터 다시 사랑할 수 있다면.. 우리 그때 다시 만나자. 그럴 수 없다면.. 다시는 만나지 말자. 안녕.

동윤_니가 그 액자를 뒤집어보길 바랐어. 유리 위를 걷는 것처럼 조심조심.. 그렇게 말고.. 원래 니가 하던 방식 그대로.. 궁금하면 물어보고, 뒤집어진 것은 바로 해주고.. 그렇게 다시 나를 사랑해주길 바랐어. 그날, 니가 내 이마에 입을 맞추고 나가버린 다음에.. 난.. 널 따라갔어. 그랬다가..

(# 교통사고 효과음)

동윤_차가 전복됐어. 여러 군데 다쳤지만, 가장 많이 망가진 건 얼굴이었어. 내 얼굴.. 많이 달라졌지? 여러 번 수술했는데.. 그래도 넌 나를 알아볼 수 있을 것 같아서.. 휠체어 탄 채로 널 찾아갔는데.. 넌 날 알아보지 못했어. 그때 그 말이 생각났어. 다시 태어나서 처음부터 다시 사랑할 수 있다면.. 그때 다시 만나서 사랑하자고.. 니가 그랬 잖아.

주현_그러니까.. 지금.. 동윤 씨가 행성 씨라는 말을 하고 있는 거야?

동윤_나.. 다시 태어난 기분이었어. 많은 게 달라졌어. 얼굴도, 사랑을 대 하는 태도도 많이 달라졌지. 하지만.. 사고 나던 날.. 정신을 잃어버 리던 순간까지 몇 번이나 다짐했던 마음은.. 아직도 그대로야.

(# 소나기 소리)

행성_(에코) 다시 사랑하게 된다면.. 널 이렇게 보내지는 않을 거야...

동윤_나 요 근래 비밀이 많았던 거.. 이거 준비하려고 아르바이트하느라 그랬어. 전에 줬던 목걸이랑 세트야.

동윤은 반지를 주현 앞에 내밀며 말했다.

동윤_많이 생각했어. 다시 사랑한다면.. 어떨까. 똑같은 일의 반복이 되 지는 않을까.... 널 다시 아프게 하지는 않을까. 그래서 오래 망설이 고, 지켜봤는데.. 급해지는 마음 열심히 다독였는데.. 하지만 너와

나는 분명.. 지나간 사랑에서 배운 것이 있어. 잘못됐던 것은 우리
의 사랑이 아니었어. 사랑하는 방식이었지. 우린.. 사랑을 다른 식
으로 표현하는 법을 배웠고, 다른 식으로 이해하는 법도 배웠으니
까.. 이제.. 나.. 다시 너를 사랑해도 될까.. 다시 사랑하게 된다면..
이젠 널 보내지 않을 거야.

#001

저무는 바다.. 날아가는 철새를 보며 나는 물었지.

―저들은 지도 한 장 없이.. 어떻게 길도 잃지 않고.. 날아가는 걸까..

너는 대답했어.

―새들의 몸 안엔 자석 같은 것이 들어 있어서
나침반 역할을 해준대.
특별히 가르쳐주지 않아도 저절로 알게 되는 거지.
무엇을 향해, 어디로 가야 하는지 태어날 때부터 알고 있는 거야.

그 바다 앞에서 어느새
내 심장도 그들을 닮아버린 것일까.

어디 있어도 너를 향해 가고 있어, 나의 마음은.
수많은 사람 가운데서도 반드시 너를 찾아내지.
마치 태어날 때부터 그러기로 약속되어 있었던 것처럼
절대로 길을 잃지 않아.

언제나 길을 찾아 헤매던 나였는데
고마워.. 내 심장의 북극성.
오늘도 네가 있어서 길을 잃지 않았어.

바다는 초봄과 늦가을에
가장 아름다운 모습을 띤대.
육지와 물이 비슷한 온도로 만나기 때문이지.

햇볕을 받으면
쉽게 뜨거워졌다가 쉽게 식어버리는 대지와
한발 천천히 가는 바닷물.
그 둘이 어느 날
가장 비슷한 온도로 만날 때
바다는 한없이 투명에 가까운 블루가 된대.

혼자 상상해보고 있어.
내가 너에게로 가고, 니가 나에게로 와서
서로 마음의 온도를 맞추는 날.
우리의 만남도
어느 봄, 혹은 가을의 바다처럼 아름답겠지?

지금 니 심장의 온도, 얼마쯤이니.

그 양초를 샀을 때가 기억나.
정말 예뻐서 차마 불을 켜지 못했지.
불을 붙이는 순간, 녹아버리기 시작할 테니까.

사랑도 그랬어.
말하는 순간, 불을 붙인 양초처럼
끝을 향해 갈까 봐 두려워서
혼자 가슴에 담아두고만 있었는데..

말해도 쓸쓸해지고, 담아둬도 아픈 게
사랑이라는 걸까?

이제 그 초에 불을 붙이려고 해.
작아지고, 사라져버리더라도
촛불의 찬란함을 모른 채 살아가긴 싫어.

아프게 되더라도
널 사랑할게.

동강.. 어라연..

강을 따라 걷다가 발견했어.

벽 앞에 놓인,

내 사랑의 해답.

길이 막혀도

강물은 멈추지 않더라.

절벽이 막아서고, 바위가 가로막아도

강물은 어떻게든 흘러갔어.

좀 오래 걸릴 수도 있겠지만

먼 길을 돌아가야 할 수도 있겠지만

결국은 가고 말아.

강물처럼, 사랑이라는 것도.

어떻게든 너에게로 갈게.

니가 거기에만 있어준다면

바다를 향해 흐르는 강물처럼

너에게로 갈게.

편지가 돌아왔어.

'수취인 불명' 이라는 다섯 글자.
잔인할 정도로
분명히 말해주더라.

나의 우주에서
니가 완전히 사라져버렸다는 것.

이제 정말 끝이구나..
허망한 눈길이
우표 위에 닿았을 때 알게 되었어.

나의 심장은 우표와 같아,
한 번의 여행으로
모든 생이 끝난다는 것.

너의 이름이 찍혀버린
내 심장.
이젠 누구에게도
보낼 수 없을 거야.

어디에도

이제 너는 없다고 생각했는데
내 눈 속에 니가 있나 봐.

모든 것을 다 거두어간 너인데..
내게 주었던 마음도,
믿음도,
따뜻함도
모두 거두어간 너인데..
아직도 눈 속에 니가 있어.

눈뜨고 있을 땐 보이지 않던 너.
눈을 감으면 보이니
어쩌면 좋을까.

다시 널 보는 일,
견딜 수가 없어서
눈을 감을 수 없는,
지독한
불면의 밤.

바람을 잡으려는 나에게
너는 말했어.

주먹을 쥐면 안 된다고.
손을 다 펴면, 손바닥 위에
쉼 없이 자유로운 바람이 불어갈 거라고,
손바닥 위에 바람이 하나 가득 찰 거라고 너는 말했어.

놓아줘야 바람은 내 것이 된다던
니 말이 기억나서

꼭 쥐었던 손을 놓았는데
여전히 똑같아.

잡아봐도
놓아봐도
여전히
내 것이 되지 않던,

머물지 않는 바람과도 같던 너.

그 아침.

비가 왔다고 했던가.

빗소리에 잠이 깬 너.

차마 눈뜨지 못하고,

홀로 가만히 내 이름을 되뇌어봤다고 했지.

그 비처럼, 예고 없이 사랑이 왔다고 너는 말했어.

나는 대답했지.

그 비처럼, 사랑은 지나갈 것이고,

그 비처럼, 지나간 흔적조차 남지 않을 거라고.

하지만 비가 스친 어느 날.

물웅덩이에 발이 빠진 나는 생각했어.

자꾸 헛발을 딛게 되겠구나.

발이 젖겠구나.

흔적이 남겠구나.

이제 내 차례인가.

차가운 유리창에 이마를 대고,

몰래 니 이름을 불러본다.

비가 올 것 같아.

이른 아침.

서쪽 바다를 산책했어.

썰물 진 그곳, 개펄 위에
작은 배 하나가 묶여 있었지.

멀어진 바다를, 배는 원망하고 있을까?
혼자 두었다고, 탓하고 있을까?

아닐 거라고, 나는 내게 대답해줬어.

곧 밀물이 들고 바다가 다시 올 것을 믿으니까,
그 작은 배, 푸른 꿈을 꾸며, 혼자 몰래 행복해할지도 몰라.

이제 웃으며 기다릴 수 있을 것 같아.

바다가 다시 오듯
사랑이 다시 올 것을 의심하지 않으니까.

수평선 저 끝, 휘핑크림처럼 하얀 구름.
그렇게 내 가슴 저 끝에,
달콤한 기다림이 피어났어.

기차는 멈추지 않았어.

거친 자갈밭,
차가운 들판,
어둡고 습한 터널을 지나
기차는 쉼 없이 달렸지.
늘 새로운 세상을 꿈꿨어.

간혹, 바람이 잠드는 나무 아래
머물러 쉬는 날도 있었지만, 그러나 잠시뿐.
끝없는 레일 위를 달리던 기차처럼
사랑 위에서 나,
오래도록 머물지 못했는데.

오늘, 비 그친 길을 걷다 생각했어.
차가운 바람 속을 혼자 달리는 일,
이 길고 고된 여행을
이제는 마치고 싶어.

내 사랑의 종착역.
너였으면 좋겠어.

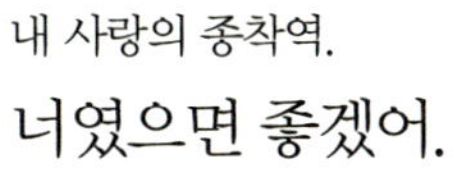

나무, 바람을 사랑하다

두번째이야기 2

사람들은 나를 느티나무라고 부릅니다. 언제쯤 내가 이 땅에 뿌리 박혔는지 나 자신도 모를 만큼 오랜 시간.. 나는 이곳에 서 있었어요. 어쩌면 천 년도 넘었을 거라고 하면서 사람들은 가끔, 내 몸에 기대어 말합니다.

주완_나무는 참 답답하겠다. 세상이 이렇게 넓은데 매일 같은 자리에 있는 건.. 분명 따분한 삶일 거야..

자혜_아닐지도 모르지. 나무는 항상 그 자리에 있지만 우리처럼 이렇게 매일 새로운 사람들이 찾아와서 새로운 이야기를 들려줄 테니까.

주완_전생이라는 게 있다면 자혜 넌.. 나무였을 것 같아. 이 나무 옆에 있을 때 넌 참 편안해 보이거든.

자혜_주완이 넌 바람이었을 것 같아. 나무는 말이야, 바람에 나뭇잎이 흔들릴 때 비로소 살아 있는 게 느껴지거든.

난 자혜의 말을 이해했습니다. 바람이야 늘 불어가고, 또 불어오는 것이지만.. 오래전 그날, 그 바람은 달랐거든요. 바람이 내게로 불어왔을 때 수천 장의 이파리들이 온통 흔들렸고 난, 내가 살아 있음을 느낄 수 있었어요. 수백 년의 잠에서 비로소 깨어난 것 같은 느낌이었죠. 네가 나에게로 왔을 때, 나는 다시 태어난 것 같았다고 자혜는 주완에게 빙 둘러서 말하고 있었던 거예요. 이미 그때 자혜는 주완을 깊이 사랑하고 있었나 봅니다.

주완_하지만 그거, 좀 슬픈 이야기처럼 들린다. 세상의 모든 바람은 머물

지 않잖아. 살아 있다는 걸 깨닫게 해놓고 가버리면 나무는 참.. 쓸
쓸할 텐데.

주완＿그래서 어쩌면 나무도 두려울 거야. 겨우 살아 있다는 걸 느꼈는데
그렇게 뒤흔들어 놓고 가버리면.. 남겨진 나는 어떡할까.. 바람이
불어올 때마다 나무는 좀 겁이 날지도 모르지.

(# 물 따르는 소리)

주완＿뭐해? 아까운 생수를 왜 나무에 붓는 거야?

자혜＿그냥.. 목이 말라서.

주완은 자혜가 귀엽다는 듯 싱긋 웃었지만 정말 알아야 할 것은 모르는
순진한 얼굴이었어요. 진짜로 목이 마른 것은 내가 아니라, 자혜 자신이
라는 것을 주완은 정말 몰랐던 걸까요.. 아니면 사랑에 목말라 있는 자혜
를.. 모르는 척하고 싶었던 걸까요..

| **#** | 2 |

친구 주현이 자혜를 찾아왔을 때, 자혜는 나무에 기대앉아 바람을 잡으
려 하고 있었습니다. 지나가는 바람을 잡으려고 손을 꼭 쥐었다가 다시
펴고, 또 꼭 쥐고.. 아무리 그래봐야 손안에 남는 것은 아무것도 없는데,
자혜는 자꾸만 자꾸만 스쳐가는 바람을 잡으려고 억지를 부리고 있었습
니다.

주현_주완이가.. 또 사라졌다고? 대체 무슨 자격으로 매번 말없이 사라 졌다 나타나는 거야. 왜 항상 널 기다리게 하는 거냐구..

자혜_주현아.. 여기 앉아. 나무 그늘이 진짜 시원하다.

주현_질문하지 말고 그냥 옆에 있어달라 이거지? 그래, 난 너한테 그럴 게.. 질문도 안 하고, 화도 안 내고, 그냥 옆에만 있을게.. 하지만 사 랑은 그런 게 아닌 것 같아.

자혜_그럼.. 사랑이 뭔데? 말없이 끝까지 기다려주는 거.. 그런 게 사랑 아냐?

주현_혼자 고상한 척하느라고 애쓰지 마. 그냥 바보 멍청이처럼, 마음 가 는 대로 사랑하란 말이야. 그 사람의 모든 게 궁금해서 자꾸자꾸 질문 하고, 작은 일 하나로 불같이 싸우다가도 사랑해 한마디에 싹 풀어져 서 방긋 웃는 거, 그런 바보 멍청이 같은 짓이 사랑이야.. 이 바보야.

자혜_맞아.. 난 바보야. 그 흔한 바보 멍청이 짓도 못하는 진짜 바보.. 왜 주완이를 찾아 나서지 않는 거냐구? 솔직히 말하면.. 나 겁이 나. 예전엔 말이야.. 거짓된 행복보다 가혹한 진실이 더 나은 거라고 생 각했는데.. 막상 찾아가서 감당할 수 없는 현실과 마주치면.. 그땐 어떡하지?

휘청대는 자혜의 모습은.. 아주 오래전, 태풍이 몰아치던 날의 내 모습 같았습니다. 뿌리가 흔들려, 몸이 기울어진 채, 위태로운 날들이었죠. 사 람들이 와서 몸을 바로 세워주고, 뿌리를 단단히 해주기까지 나는 그런 채로 한참을 서 있었는데.. 휘청대고 있는 자혜, 그녀의 뿌리는 누가 다 독여줄 수 있을까요. 난 작은 어깨의 그녀가 많이 걱정스러웠습니다.

(# 천둥소리)

자혜_ 왜 그랬어?

주완_ 빗방울 떨어진다. 어디 들어가서 얘기하자.

자혜_ 오늘이 우리 처음 만난 날인 건.. 알고 있니? 오늘 니가 다른 여자와 간 그곳, 우리가 처음 만난 곳이라는 거 잊었어? 그 소중한 시간이 끔찍한 순간으로 기억될 거야. 순결했던 추억을 니가 다 망쳐버렸어.

주완_ 순결했던 추억? 폼 잡지 마. 평생 한 사람만 사랑할 거라고, 넌 항상 그렇게 말했지만 솔직히 말해봐. 너 정말 행복하니? 하긴, 최자혜는 지독한 모범생이니까. 난 올바른 길을 가고 있어. 진정한 사랑이란 이런 거야. 자기최면에 걸려서 행복할 수도 있겠지. 사실 나도 뭐 하나 어긋난 거 없이 반듯한 니가 신기해서 너한테 끌렸어. 나랑은 완전 달라서. 근데.. 너, 그거 아니? 사랑을 시작하게 만든 이유가 그 사랑을 끝나게 만들기도 한다는 거. 처음엔 나랑 너무 달라서 너한테 끌렸는데, 이젠 나랑 너무 달라서 니가 힘들다.

자혜_ 그래서 끝내자구? 지금 끝이라고 말하는 거야? 니가 감히 어떻게??

주완_ 감히. 그래, 헛점투성이인 내가 감히 말할게. 내가 우리 엄마 아빠 얘기했던가? 우리 아버지는 바람 같은 사람이었어. 평생을 떠돌았지. 그런 아빠를 기다리면서 엄마는 매일 대문을 잠그지 않았어. 혹시 아빠가 왔다가 문이 잠겨 있어서 돌아가 버릴까 봐 잠도 편하게 못 잤지. 그런 우리 엄마가.. 솔직히 난 좀 지겨웠어. 근데.. 자혜 너 말이야.. 하는 짓이.. 꼭 우리 엄마 닮았어. 난 너의 빈틈없는 사랑이 숨이 막혔어. 하지만 떠날 수도 없었지. 죄책감이 들었으니까.
그래서 사라졌던 것뿐이야. 숨 좀 쉬고 오면, 너의 빈틈없는 사랑을
당분간 견딜 수 있었으니까. 그 시간 동안, 너도 현실을 좀 보게 되
길 바랐는데 엉뚱한 오해만 하고 있었나 보구나. 다른 여자? 양심
을 걸고, 니가 생각하는 그런 거 없어.

자혜_미안해.. 주완아.. 난 그냥..

주완_하지만 우리.. 이제.. 돌이킬 수 없는 길을 가고 있는 것 같다.

한 곳에만 머물러 있는 나무와 어디에도 머물지 않는 바람이 두고두고
사랑할 수 있을까..라고 주완은 물었습니다. 자혜는 대답하지 못했고, 주
완은 짧은 말로 이별을 전했습니다.

주완_미안하다. 나 먼저 간다.

(# 빗소리)

| **#** | 4 |

주완이 자혜에게 등을 보인 그날 이후.. 자혜는 한동안 나를 찾아오지 않
았습니다. 많이 걱정됐지만, 멀리서 응원을 보내고, 간혹 지나가는 바람
에게서 그녀의 향기가 나면 그녀의 소식을 묻는 것밖에 내가 할 수 있는
일은 없었습니다. 나무로 태어났다는 건, 이런 것이더군요. 어렵게 어렵
게 바람에게 전해들은 그녀의 모습은, 내가 아는 그녀가 아니었습니다.

자혜_(술 마신 목소리로) 주현아, 나야.. 연락도 없이 와서 미안해. 바다 보러 왔어. 혼자니까 좋네. 가고 싶은 곳도 마음대로 가고, 내 속도대로 가도 되니까.. 그게 제일 좋아. 만날 그 사람 따라가느라 종종걸음 쳤는데..

자혜는 늘 술에 취해 있었습니다. 그러나 나를 꼭 닮은 어느 나무 그늘 아래서 눈을 떴을 때..

남자 1_정신이 좀 들어요? 이곳 사람 아닌 것 같은데.. 이런 데서 자고 있으면 어떻게 해요?

주완을 닮은 그 남자를 보는 순간, 어렵게 지켜왔던 자혜의 마음이 무너졌나 봅니다. 자혜는 앓아누웠고, 남자는 그녀를 간호했어요. 그리고.. 일주일 후.

남자 1_간다구요? 아직 이름도 알려주지 않았잖아요.
자혜_바람이.. 참 시원하죠? 바람이 좋아졌어요. 나도 이제 바람처럼 살려구요. 이름을 알면 기억할 것만 많아지는 법이에요. 그럼, 잘 지내요.

어느 날엔가는 먼 나라에서 불어온 바람이 그녀의 소식을 전해오기도 했어요.

자혜_(밝은 목소리로) 여보세요~! 주현아, 나야~! 이 나라.. 참 마음에 든

다. 서로에게 관심 보이지 않고.. 나는 나대로 너는 너대로 사는
거.. 맘에 들어. 나 그냥 여기 눌러앉아 버릴까..

주현_그래, 자혜야. 너 햇빛 많이 받고 바람 많이 쐬고 정말로 충분히 튼
튼해질 때까지 오지 마라. 거기서 그렇게 행복하면, 오래오래 있어.

자혜_...... 무슨.. 일 있어? 매번 빨리 오라고 난리더니.. 무슨 일이야? 말
해봐, 무슨 일인지.

주현_아무것도 아니야. 그럼.. 또 전화할게.

자혜_혹시.. 주완이 일이니? 말해봐. 주완이한테 무슨 일 있는 거지? 뭐
야? 뭔데! 뭐냐구!

| # | 5 |

(# 비행기 소리)

자혜_간호해주는 사람도 없고.. 혼자 있으면 불편할 텐데, 자주 올게.

주완_불편한 거 없다고 했지. 망할 놈의 교통사고 때문에 망가진 건 다리
뿐이니까 간호사들이 휠체어에 앉혀주기만 하면 뭐든 할 수 있어.
사람 말 안 들려? 너 보기 싫다잖아! 가란 말이야. 제발 가! 마음 같
아서는 내가 꺼져주고 싶은데 보다시피 내가 다리를 못 써. 앞으로
도 계속 쓸 수가 없을 거야. 나 이렇게 되어버렸어. 보기 싫은 사람
이 와도 피하지도 못하고, 도망도 못 가고, 어쩔 수 없이 봐야만 해.
그러니까 불쌍하게 여겨서 가주라. 제발! 어?

자혜_내가 잘못 들었나 보구나. 수술에서 깨어났을 때, 맨 처음 내 이름

불렀다던데.. 아니었니?

주완_......

자혜_온주완.. 정말 솔직하게 대답해봐. 너.. 나 안 보고 싶었니? 너 정말 나 필요 없어?

주완은 대답하지 못했지만, 자혜는 그의 마음을 알 수 있었습니다. 그리고.. 계절이 몇 번 바뀌는 동안, 전쟁 같은 나날이 계속되었습니다.

주완_재활 치료 같은 거.. 해봤자 소용없어. 내 몸은 내가 알아.

자혜_웃기지 마. 넌 내가 알아. 만날 도망만 치는 겁쟁이. 그게 너잖아. 일어나. 치료받으러 갈 시간이야.

오래전 어느 날 잡히지 않는 바람을 잡으려 애쓰던 때보다 더 열심히, 자혜는 잡히지 않는 주완의 마음을 잡기 위해 노력했습니다. 그렇게 계절이 또 바뀌고, 마침내 겨울이 되었을 때..

자혜_다녀왔어. 우리 오늘 종강했어. 이제 하루 종일 니 옆에 있을 거야.

주완_너한테서 바람 냄새가 나. 알싸한 겨울바람 냄새. 바람 쐬고 싶다. 그 나무는 잘 있을까? 나 거기 데려다 줄래? 느티나무가 있는 곳.

| # | 6 |

설레는 순간이었습니다. 드디어 자혜와 주완이 함께 나를 찾아왔거든요.

주완_이 나무, 그대로네? 좀 커진 건가? 근데 어쩐지 좀 춥네. 자혜야, 미 안한데.. 나 따뜻한 거 한 잔만 사다줄래? 우리 매일 가던 길가 가 게 있잖아. 거기 핫초코 맛.. 그대로일까?

잠시 후.. 핫초코 한 잔을 들고 돌아왔을 때, 그러나 자혜의 눈에 주완은 보이지 않았습니다. 자혜는 가만히 자리에 앉았습니다. 그리고.. 내 몸에 기대어.. 조용히 나에게 말을 걸어왔습니다.

자혜_결국 이러려고 여기까지 오자고 했던 걸까.. 휠체어까지 이렇게 버 려두고 대체 어디로 간 걸까.. 내가 또 그를 숨막히게 했나 봐.. 노 력했는데.. 이 정도로는 안 되는 거였나 봐.

하지만 아니..라고 주완은 말했습니다.

주완_자혜야, 기억나니? 언젠가 우리 이 나무 아래서 말했던 거. 전생이 라는 게 있다면 자혜 넌 나무고, 난 바람이었을 거라고 했잖아. 그 때까지도 난 나무의 마음을 몰랐어. 너무 몰라서 벌을 받은 것 같 아. 교통사고 말이야. 다리를 못 쓰게 됐을 때 겨우 알겠더라. 늘 거 기에서 기다리고 있는 사람의 마음 말이야. 머지않아 다시 너를 찾 아가려고 했었는데.. 움직일 수 없게 되어버렸지 뭐야.. 정말 미안 했었다고 말하고 싶었는데.. 너를 찾아갈 수 없게 되었다니.. 정말 바보 같지? 그런데.. 기적처럼 니가 다시 나를 찾아와 주었어. 이제 대답해줄래? 너.. 나의 변함없는 나무가 되어주겠니?

주완의 목소리를 따라 걷던 자혜는 반대편에서 나에게 기대서 있는 주완을 발견했습니다. 그래요, 아주 간신히 버티고 있었지만.. 주완은 분명히 서 있었어요.

주완_나의 나무가 되어주겠니?

자혜가 주완의 손을 잡고, 깊게 고개를 끄덕였을 때.. 바람이 크리스마스 캐럴을 싣고 불어왔어요.

자혜_꿈이 생겼어. 이번 크리스마스에는 우리 함께 손잡고 명동 거리를 걷는 거야. 도와줄 거지?

다른 곳일 수는 없었을까.

늦은 저녁. 나를 데려다 주던 길.
너는 뚜벅뚜벅 놀이터로 걸어 들어가 그네 위에 앉았어.
그리고 힘겨운 침묵이 이어졌지.

난.. 너의 말 없음을 이해했어.
"잘 있어"라는 짧은 말로 긴 이별이 시작되던 순간.
그 시린 하늘이 생각나더라.

니가 그네를 밀어주던 날.
손 내밀면 하늘이 잡힐 것 같았는데..
그러나 손 댈 수 없었던 하늘처럼
니 마음도 그랬어.
눈앞에 있었지만 끝내 잡히지 않았지.

다른 곳일 수는 없는 것이었을까.
익숙한 그곳, 놀이터 그네 앞을 지날 때마다
내 마음 한쪽이 자꾸 너에게 묶여버릴 것 같은데..

하늘에 가서 닿지 못하는 그네를 닮아
이제 다시는 사랑에 가서 닿지 못하게 될 것만 같은데..

차라리 니 이름을 모르고 살아가는 편이

더 행복했을까..라고 생각하는 순간.

수없이 너의 이름을 불렀던 입술이 아파왔어.

그 봄.

니가 내 앞에서 멈춰서지 않았고,

내가 너를 알아보지 못했다면..

함께일 수 없는

우리의 오늘이 조금은 덜 쓸쓸했을까.

난 늘 이래.

니가 내 곁에 있다면..이라고 생각해도

너를 그냥 스쳐갔더라면.. 하고 생각해도

서로 닮은 슬픔이 찾아와.

하지만 넌 미안해하지 마.

함께일 수 없어도

그래도 내게로 와줬던 것 고마워.

니가 준 모든 것에 대해서 그렇듯이

니가 준 슬픔까지도..

참 많이

고마워..

고마워서, 미운 사람.

넌.. 나무의 이름을 많이 아는 사람이었어.
난.. 가르쳐줄 때마다 잊어버리는 사람이었지..

오늘 어느 나무 아래 서 있다가
옆 사람의 소릴 들었어.
"나.. 느티나무 아래서 전화하고 있어.." 그러더라.

이거 느티나무였구나.

그러니 니가 주었던 사랑을, 내가 안다고 말할 수 있을까.
한때는 세상 전부였던 니가 그토록 열심히 가르쳐준..
나무 이름 하나도 제대로 알지 못하는 내가,
니가 주었던 사랑을 안다고 말할 수 있을까.

세상에 그 흔한 느티나무조차 알아보지 못하는 내가,
세상에 딱 하나뿐일 그 사랑을.. 알아보았던 것일까.

미안하다.
감히 니 사랑을 안다고 했던 것.
미안하다.
함부로 너를 흔들었던 것.

이마가 뜨거워졌어.
이어서 어깨, 그리고 손이
불에 닿은 듯 달아올랐어.
상처 같은 건 보이지 않는데
몸살이라도 난 걸까.
못 견디게 뜨거워져서
세면대에 얼음을 풀어놓고
한참 동안 얼굴을 담갔지.

그리고 다시 고개를 들었을 때
거울 속 창백한 이마에서
희미한 '화인'을 본 것도 같아.

불에 덴 자국.
니 입술이 머물렀던 내 이마에
너의 손이 올려졌던 내 어깨에, 손에
사랑에 덴 자국이 남아 있었어.

보이지도 않아서
지울 수도 없는,
사랑의 흔적.

바닷물을 마셔본 적 있니?

마시면 마실수록
더 목이 말라질 그 바닷물 위에
혼자 떠 있는 것 같아.
사방이 물인데..
그러나 나는 언제나 목이 마르지.

넌, 사랑한다고 말하는데..
나뭇잎은 초록이고
노을은 붉은색이라고 말하는 것처럼
너무나 당연하게 넌 사랑한다 말하는데..
너무나 당연한 그 말을
나는 왜 자꾸 확인하고 싶어지는 걸까.

망망대해를 표류하며
바닷물을 마시고 있는 기분이야.
사랑 안에 있어도
사랑에 목마른 나는.

노트랑 펜을 선물하면서 너는
우리 함께 걷는 길, 다 적어두라고 했지.
아주 나중에 옛날 이야기 하면서 다시 가보자고.

니가 떠난 뒤에도
혼자 걸은 길들을 적어두고 있어.
언젠가 니가 돌아오면
이렇게 많은 길 위를 니 생각으로 채웠다고
웃으며 말하려고.

그런데
오늘 오후 문득, 펜이 나오질 않는 거야.
사랑한다고 쓰던 중이었는데..
전하지 못한 말처럼 쓰다 만 글씨가 남았어.

내 곁에 있을 땐 하지 못했던
사랑한다는 말 하고 싶어서
너를 찾아 그렇게 많은 길을 걸었는데
이미 길이 끊어진 걸까.

세상엔 참 많은 길이 있는데,
아무리 지도를 들여다봐도
너에게로 가는 길은 찾을 수 없어.

아침 뉴스 시간, 기상 캐스터가 말했어.
여름을 재촉하는 비가 올 거라고.

언제나 여름이 오면
그 뜨거운 계절이 끝나지 않을 것만 같아서
난, 참 못 견디게 하얀 눈이 보고 싶어지는데

아마도 난 말이야, 그날로 돌아가고 싶은 것 같아.

정말 다시는 돌아가고 싶지 않을 거라고
너에게 장담했지만
사실을 고백하자면
난 아마도, 니가 내게로 온
맨 처음 그날이 그리운 것 같아.
차가운 눈송이를 니가 큰 손으로 가려준 그날.

난 아직도 이래.
여름엔 겨울이, 겨울엔 여름이 그립지.

왜 사랑했니?
가지지 못한 것만 꿈꾸는 바보,
사랑이 시작되는 순간
이별을 꿈꾸게 될 나를.

어느 날,

눈사람이

한여름의 모래사장에 떨어졌어.

태어나서 처음 보는

한여름, 짙푸른 바다.

눈사람은 첫눈에 사랑에 빠지고 말았고,

바다에 가서 닿고 싶었지.

하지만, 태양이 너무 뜨거웠어.

닿기도 전에 녹아버리면서

눈사람은, 바다에게 무슨 말을 했을까.

나와는 다른 니가

참 좋았는데

그러나 사랑이 되기엔

너무 많이 달랐던 우리.

아마도 눈사람은 이렇게 말했을 것 같아.

미안해..

이럴 수밖에 없는 나라서, 미안해..

8차선 도로
중앙선에 혼자 서 있었어.
너무 늦었지 뭐야.
파란 신호가 위태롭게 깜빡거릴 때
뛰어들었거든.
빨간 불.. 차들이 달려왔어.

앞으로 가지도 못하고
뒤돌아 뛰지도 못한 채
중앙선 위에서
애꿎은 입술만 뜯고 있는데

비가 왔어.

너에게로 가기에도 너무 늦었고,
처음으로 돌아가기에도 너무 늦어서
사랑 속에서 막막히 서 있었던 그날처럼

비가 왔어.

앞으로 가지도 못하고,
뒤돌아 뛸 수도 없는데..
피할 수도 없는데..

준비도 없이 **우연히**
너를 다시 만났어.

왜 떠났냐고 묻지도 않고,
미안하다고 말하지도 않은 채
오랜만에 만난 친구처럼 즐겁다가
문득 내 손을 잡은 넌, 말이 없어졌지.

가만히 서로 발끝만 보다가
내가 "다시 시작할까"라고 물었을 때
넌 천천히 고개를 저었어.

난 너를 이해했어.
다시 그 사랑의 불꽃 속으로 뛰어든다면
남아 있는 날개마저 모두 타버려서
앞으로 영영 날 수 없게 될 테니까.

인사도 못 하고 널 보냈어.
나 없이도 여전히 따뜻한 니 손이 슬퍼서
안녕..
마지막 인사도 하지 못했어.

사랑의
끝은 어디일까?

세 번째 이야기 3

| # | 1 |

이진_앤디 오빠. 우리 스티커 사진 찍자. 이리 와봐. 보통은 왼쪽 얼굴이
　　　더 예쁘게 나온다니까, 얼굴 살짝 돌리는 거 잊지 말구.

앤디_자자~ 찍힌다. 하나 둘 셋! (기습 뽀뽀)

이진_뭐야, 왜 장난 쳐.

앤디_왼쪽 얼굴 나오게 하라며. 난 니 말에 따랐을 뿐인데, 고개를 돌려
　　　보니 거기 진이 니 얼굴이 있잖아.

이진_하여튼 미워. 괜히 스티커 사진 찍자고 했나 봐. 아! 사진 나왔다.

앤디_진이야. 지갑 줘봐. 여기 맨 앞에 넣어둘게. 절대 빼지 말기!

이진_이 사진 정말 마음에 든다. 죽을 때까지 이 사진 꼭 가지고 있을 거야.

앤디_나두. 이 세상 끝까지.

　　　끝이라는 건 없을 것처럼, 앤디와 진이는 사랑했습니다. 스티커 사진 속
　　　에서처럼 그들은 한결같이 서로의 곁에 있었어요.

| # | 2 |

　　　4년 전이었습니다. 앤디와 진이가 처음 만난 곳은, 병원이었어요.

앤디_(바보스런 모자란 말투) 어, 저기 저 아가씨, 휠체어 타고 낑낑대네. 어려
　　　운 사람을 보면? 도와줘야 해요! 기다려요. 내가 도와줄게요.

이진_감사합니다. 저기~ 복도 끝 병실이에요. 여기 비탈져서 밀기 힘들죠?

앤디_(이하 계속 모자란 톤) 괜찮아요. 앤디 다리는 백만 불짜리 다리!

이진_이름이 앤디군요. 저는 진이라고 해요.

앤디_어디가 아파요? 앤디는 교통사고로 머리를 다쳤어요.

이진_(모자란 이유를 알겠다는 듯) 그래요, 머리를 다쳤군요. 저는 담낭에 결석
이 생겼대요. 결석.. 그러니까.. 돌이요.

앤디_그럼 진이 씨 물속에 들어가면 꼬르륵 가라앉아요?

이진_맞아요, 맥주병이에요.

앤디_그럴 줄 알았어요. 뱃속에 돌이 들어 있으니까 가라앉죠. 이제 돌
뺐으니까 수영할 수 있을 거예요. 나 수영 잘해요. 나한테 수영 안
배울래요?

지루한 병원 생활에서 앤디는 진이에게 활력소가 되었습니다.

이진_나 퇴원해요. 이건 내 전화번호니까, 앤디 씨 퇴원하면 전화 주세
요. 약속 지킬 거죠? 나 수영 가르쳐줘요.

| # | 3 |

앤디_(멀쩡한 말투) 진이 씨, 여기예요. 잘 찾아왔네요. 몸은 좀 어때요?

이진_앤디 씨, 그 말투.

앤디_깜빡 속았죠? 장난쳐본 거예요. 사람들은 참 재밌어요. 자기보다
모자라다 싶으면 얼른 경계를 풀고 가까워지거든요. 진이 씨랑 금
방 가까워지고 싶었어요. 어쨌든 성공했잖아요. 진이 씨가 이렇게

내 앞에 있으니까.

이진_ 못 말려. 수영이나 잘 가르쳐줘요.

앤디_ 수영을 잘하려면 물을 두려워해선 안 돼요. 물에 들어가면 사람은 자연히 떠오르게 되어 있어요. 물을 믿고, 긴장을 풀어요. 몸에 힘을 빼면 저절로 떠오를 테니까.

마침내 진이는 물에서 뜨는 법을 배웠고, 앞으로 나가는 법도 배웠습니다. 그렇게 하나씩, 앤디는 진이에게 새로운 세상을 보여주기 시작했습니다.

이진_ 물속도 모자라서 이번엔 산이야?? 아니, 이 새벽에 내가 왜 이 산에 올라야 하는 건데.

앤디_ 조용히 따라와. 시끄럽다고 산이 화낸다. 자, 조금만 더 힘을 내! 이제 정상이다!!

이진_ 산 정상이란 이런 느낌이구나. 가슴이 탁 트이는 것 같아.

앤디_ 진이 너한테 넓은 세상을 보여주고 싶었어.

이진_ 여기서 소리치면 메아리 들릴까?

앤디_ 이 산은 재밌는 산이야. '사랑해' 라고 하면 '나도 사랑해' 라고 메아리가 들린대. 한번 해볼까? 진이야. 사랑해~!

이진_ 나두 사랑해~!

앤디_ 기억해둬. 시작은 동쪽 바다를 향해 가는 거야. 그 다음엔 서쪽 끝, 북쪽 끝, 그리고 남쪽 끝이야. 주말마다 조금씩, 조금씩 동서남북 끝에서 끝까지 진이 너랑 같이 다닐 거야. 이 땅을 모두 우리의 추억으로 채워놓으면, 진이 너는 어딜 가도 우리의 추억 속에 있는 거잖아.

그리고 앤디는 한쪽 팔을 들어, 가만히 진이를 끌어안았습니다. 눈앞에 붉은 태양이 떠오르고 있었습니다. 어제와 똑같지만, 그러나 또 한편 완전히 새로운 오늘의 태양. 그 눈부신 희망 앞에서, 앤디는 말했습니다.

앤디_ 우리의 사랑도 저 태양 같았으면 좋겠다. 매일 새롭게 떠오르지만 늘 머리 위에 있잖아. 언제나 따뜻하게 빛을 비춰주는, 우리 사랑이 저 태양 같았으면 좋겠다.

| # | 4 |

앤디는 약속을 지켰습니다. 매주 주말이 되면 진이의 집 앞에서, 진이를 기다렸습니다. 그렇게 진이가 대학 4년을 마치고, 직장인이 되었을 때..

(# 파도 소리)

이진_ 드디어 땅 끝이구나. 말로만 듣던 땅끝마을. 좋다. 근데 오빠, 이제부터 우리 뭐하지? 지난 4년 동안 동서남북 끝까지 다 다녔으니 이젠 더 갈 곳이 없잖아.

앤디_ 제주도가 남았잖아. 근데 거기 제주도는 말이야. 신혼여행으로 가면 어떨까? 그래서 말인데 진이야.... 나랑 결혼해줄래?

땅 끝에 서서 진이는 생각했습니다.

이진_(에코) 이대로 인생이 끝난다고 해도 후회는 없을 것 같아.

그때!

(# 천둥 번개 소리)

빗방울이 떨어지기 시작했습니다. 비를 맞으며, 진이는 알 수 없는 불안
감에 젖어들었습니다. 너무 행복하기 때문일 거야.. 진이는 그렇게 불안
감을 다독였지만 빗방울은 점점 더 굵어지고 있었습니다.

| # | 5 |

(# 구급차 소리)

이진_말도 안 돼. 오빠, 눈을 떠봐. 오빠!!

뇌일혈이라고 했습니다. 젊은 사람에겐 쉽게 일어나지 않는 일.. 앤디는
뇌사 상태에 빠지고 말았습니다.

이진_오빠, 밖에 지금 눈 와. 눈 오는 날, 광화문 거리 같이 걷기로 했잖
　　아. 기억나?
앤디_(에코) 눈 오는 날엔, 통유리로 된 2층 창가에서 핫초코를 먹어야 제
　　맛이야. 유치하지만, 꼭 핫초코여야 한다구. 핫초코.. (웃음소리)

이진_아마 올해 마지막 눈일 거야. 이 눈이 그치고 봄이 오면, 사람들 앞에서 평생 함께하겠다고 우리 약속했잖아. 앤디 오빠, 오빠는 무슨 일이 있어도 꼭 약속 지키는 사람이잖아. 그러니까 눈 떠봐, 응?

대답 없는 날들이 흘러갔습니다.

이진_오빠, 나 잠깐 나갔다 올게. 웨딩드레스 가봉하는 날이잖아. 오빠가 골라준 걸로 이쁘게 맞춰놓고 올 테니까 나 갔다 올 때, 웃으면서 맞아줘야 해?

하지만 앤디는 늘 그대로, 무표정하게 침대에 누워 있을 뿐이었습니다.

이진_바보. 아직도 누워 있으면 어떡해. 내가 이럴 줄 알고, 사진 찍어왔어. 봐봐. 나 웨딩드레스 입으니까 예쁘지? 눈을 뜨고 좀 봐봐. 이 바보야, 눈을 뜨라구. 바보, 언제까지 이렇게 꼼짝도 안 하고 있을 거야. 얼굴이 이게 뭐야. 오빠의 웃는 얼굴이 그리워. 오빠.. 우리 같이 산에 오르던 날 기억나? 그때, 오빠가 나 처음으로 안아줬잖아. 오빠의 심장 박동, 나 아직도 기억해. 오빠가 살아 있다는 게.. 나한테 얼마나 감동이었는데 빨리 털고 일어나서 나 다시 안아줘야지. 매일 아침 오빠 품 안에서 살아 있다는 것에 감동하면서 눈뜨는 거, 나 그 이상 바라는 거 없어. 그러니까 오빠, 최선을 다해서 살아 있어줘.

진이는 억지로 앤디의 새끼손가락을 끌어다가, 자신의 손가락으로 걸었습니다.

이진_ 약속해. 어떤 일이 있어도 절대로 나랑 떨어지지 않겠다고. 약속하
란 말이야, 이 바보야.

앤디의 대답 대신 진이의 귀에 들려온 것은, 띠.........
앤디의 심장이 멈추는 소리였습니다.

| # | 6 |

이진_ (힘없는 말투로) 주현 씨, 이리 와볼래? 여기 금고 번호 가르쳐줄게.

주현_ 그건 진이 씨 담당이잖아. 왜 나한테 가르쳐줘?

이진_ 주현 씨, 낯선 회사에 와서 적응하기 힘들었을 때 늘 도와줬던 거
잊지 않을게. 주현 씨는 직장 동료이기 이전에 내 친구였어. 고맙다
는 말, 아직 안 했지? 정말 고마웠어.

주현_ 진이 씨, 어디 가? 이러지 마. 정신 차려. 떠난 사람은 떠난 사람이
구, 산 사람은 살아야 하잖아.

이진_ 떠난 사람 같은 건 없어. 앤디 씨는 늘 내 곁에 있는걸.

주현_ 현실을 받아들이라는 말 같은 건, 너무 잔인하니까 안 할게. 진이
씨 말대로 앤디 씨가 늘 옆에 있다면, 이렇게 약해지지 마. 함께 있
을 때 그랬던 것처럼 좀 웃어봐. 제발, 멍하니 하늘만 보지 말구 열
심히 밥 먹고, 열심히 일하자. 제발, 진이 씨.. 멀리 떠날 사람처럼
굴지 좀 말구.

이진_주현 씨, 금고 번호 잊어버리지 마. 난 좀 다녀올 데가 있어서 그래.

며칠 전부터 진이의 행동은 눈에 띄게 달라졌습니다. 앤디의 유골을 강에 뿌리고 온 그날부터였어요.

이진_이건 나를 안아주던 오빠의 팔. 이건 사랑한다고 말해주던 오빠의 눈. 이건.. 지친 나를 업고 산에 오르던 오빠의 백만 불짜리 다리..

한 움큼씩, 하얀 뼛가루가 강물 위로 흩어졌습니다.

이진_그리고 이건, 나를 안고 있을 때면 유난히 두근거리던, 오빠의 심장.. 잘 가, 오빠.

마지막 악수라도 하듯, 진이는 강물에 손을 담갔습니다.

이진_물이 많이 차구나. 미안해, 오빠. 이렇게 차가운 곳에 오빠를 보내서. 하지만 언젠간 다시 만나게 되겠지. 그땐 절대로 헤어지지 말자.
앤디_(에코) 기다릴게. 우린 꼭 다시 만날 거야. 그때까지 우리 바보 울지 말고 씩씩해야 한다. 사랑의 힘으로, 끝끝내 살아내기.. 알지? 사랑한다.

그 강가.. 어쩌면 앤디의 목소리가 금방이라도 들려올 것 같던 그 강가에, 진이는 마음을 두고 온 것일까요. 그날 이후, 진이의 눈동자는 텅 비어버렸습니다.

이진_주현 씨, 나 휴가 냈어. 뒷일을 잘 부탁해.

(# 비행기 소리)

| # | 7 |

이진_오빠, 드디어 왔어. 제주도.

바다 앞에 선 진이의 손에는 언젠가 함께 찍은 두 사람의 스티커 사진이
들어 있었습니다.

이진_나랑 함께 제주도 오니까 좋지?

앤디_(에코) 응, 좋다. 하지만 좀 춥네. 우리 바보, 감기 걸리기 전에 어서
안으로 들어가자.

이진_싫어. 바다를 더 볼래. 오늘쯤이면, 도착했을까? 내가 강물에 뿌렸
던 오빠의 몸. 강물을 따라 흐르고 흘러서 오늘쯤이면, 여기 이 바
다에 왔을까?

앤디_(에코) 또 바보 같은 소리 한다. 나 여기 있잖아.

이진_싫어, 이런 건. 만질 수도, 볼 수도 없잖아.

앤디_(에코) 손을 들어, 가슴 위에 올려봐. 심장이 뛰고 있지? 그 안에 내가
살아 있어. 내 얼굴을 만져보고 싶을 땐, 니 얼굴을 쓰다듬어줘. 내
심장 박동이 그리울 땐, 니 가슴 위에 손을 올려봐. 진이야, 난 니
안에 있어.

이진_오빠의 눈이 보고 싶을 땐 어떡하지? 나를 기다리다가 반갑게 손
　　　흔드는 오빠가 보고 싶어. 내 앞에 서 있는 오빠가 보고 싶다고. 보
　　　고 싶은 게 너무 많아, 자꾸 힘이 빠져.

가녀린 그녀의 손에서 사진이 떨어졌습니다. 사진은 바람을 타고, 바다
위로 날아갔습니다.

앤디_(에코) 이거 잃어버리는 날, 우린 정말 끝이야. 절대 잃어버리면 안
　　　돼. 알았지?
이진_싫어. 끝이라는 말 하지 마. 싫어.

진이의 몸이 바닷물에 젖어가고 있었습니다. 넘실거리는 파도를 따라 사
진은 멀리, 더 멀리, 바다로 나가고 있었습니다.

이진_안 돼, 오빠. 가지 마. 안 돼.

진이의 몸이 물에 잠겼습니다. 그래도 진이는 멈추지 않았습니다. 마침
내 바다 위에 떠 있는 사진을 손에 쥐었을 때,

앤디_(에코) 진이야, 이제 됐어. 내가 가르쳐준 거 잊지 않았지? 물을 믿고,
　　　긴장을 풀어. 몸에 힘을 빼라구. 그럼 저절로 떠오르게 되어 있어.

늘 앤디의 말에 귀를 기울이던 진이였지만, 이번엔 달랐습니다.

앤디_ (에코) 고집 부리지 마. 몸에 힘을 빼. 고개를 들고, 숨을 쉬라구. 제
발 진이야, 제발!

그러나 진이는 끝내 고개를 들지 않았습니다. 진이의 몸은 점점 더 바다
깊이 끌려 들어가고 있었습니다.

이진_ (에코) 오빠, 오빠는 늘 약속을 지키는 사람이었어. 나랑 했던 약속은
단 하나도 어기지 않았지. 이젠 내가 약속을 지킬 차례야. 오빠를
혼자 두지 않겠다고 했잖아. 이제 내가 오빠 곁으로 갈게. 웃으면서
날 맞아줘.

한 시간 전, 진이의 어머니는 문자 메시지 하나를 받았습니다.

이진_ 엄마, 제가 죽거든, 오빠랑 영혼 결혼식을 치러주세요.

마지막 순간까지 진이는, 손에서 사진을 놓지 않았습니다. 어디선가 차
가운 강물이 바다로 흘러 들어와 진이의 몸을 감쌌습니다. 그렇게 그들
은 다시 만났습니다.

가시나무새는
평생 단 한 번도 울지 않는대.
대신 일생을 떠돌며
자신만의 가시나무를 찾지.
그러다 마침내
가슴을 꽉 채울 가시 하나를 발견하면
있는 힘껏 돌진하는 거야.
가시가 심장을 관통할 때,
새는 마침내 소리 내어 울지.
처음이자 마지막인 가시나무새의 울음소리는
이 세상의 것이 아닌 듯 아름답다고 하더라.

세상엔 하나밖에 품을 수 없는 심장이
따로 있는 것 같아.

그대로 끝이라 해도 좋았어.
니가 내 안에 들어온 날.
남은 것은 고통뿐이라고 해도
난 멈출 수 없었어.
생애 처음,
내 심장이 가득 찼으니까.
이 사랑을 나는 후회하지 않아.

태엽을 감아주라고 했어.
시계를 선물하면서, 넌..
매일 태엽을 감아주라고 했지.
건전지로 가는 게 아니니까
제멋대로 아무 때나 멈춰버리진 않을 거라며, 넌 말했어.

−니가 잊지만 않는다면, 시계도 멈추지 않아.

잊지 않았는데,
니가 생각날 때마다 자꾸자꾸 태엽을 감았는데도,
니 사랑은 뜻하지 않은 곳에서 멈춰버렸나 봐.
그냥 조금 늦는 건 줄 알았는데..

이제 시계는 그만 보려고 해.

바늘을 거꾸로 돌려봐도
시간은 돌이켜지지 않고,
태엽을 감고 감아도
제멋대로 멈춰버린,
그것이 우리의 사랑이었으니까.

기억나?

니가 그려줬던 그림.

오늘, 떼어버렸어.

벽지 색깔이 달라졌더라.

얼룩진 벽을 보고 있자니,

이번엔 벽에 박힌 못이 눈에 밟히는 거야.

결국, 못까지 빼버렸거든.

그런데 이번엔 못이 남긴 자리에

눈길이 머문다.

결국 이렇게

모두 다 지울 수는 없구나.

못을 빼버려도

못이 남긴 흔적은 남아 있고,

사랑을 빼버려도

니가 내 안에 들어왔다 나간 자리는

그대로 남아 있어.

지워지지 않아.

'연리지' 라고 했어.
우리 **함께 손잡고** 산에 오르던 날.
두 나무의 가지가
서로 붙어 하나가 된 걸 보고.. 니가 말했지.
이런 걸.. 연리지라고 한다구.

두 개의 전혀 다른 가지가
바람에 흔들리며 부대끼다가
껍질이 다 벗겨진 뒤..

양분이 오가고, 물이 오가는 길이
서로 이어져..
결국엔 완벽하게 하나가 돼서..
함께 숨쉬며 살아가는 거라고 했지.

바람을 견뎌야 했어.
껍질이 벗겨지는 아픔도 견뎌야 했는데..
미안해.
바람 앞엔 너무 약했고,
너에겐 너무 단단했던,
내 가지들.
내 껍질들.

사람들은.. 깜빡 잊었던 것일까.
추수가 끝난 다음에도
허허한 들판에
홀로 서 있던 허수아비.

스무 발자국만 뛰어가면
커다란 나무 뒤에 숨어
바람을 피할 수도 있었을 텐데..
아이들이 피워놓은 모닥불에
얼어버린 몸
녹일 수도 있었을 텐데..

속수무책이었어. 허수아비는

얼굴을 적신, 차가운 겨울비.
손으로 털어내지도 못하고,
쏟아져오는 바람 앞에
어깨 한번 웅크리지도 못하고.

속수무책이었어.
겨울 들녘, **허수아비처럼**
니가 떠난 세상 속의 나는.

혼자 **사막**을 걸었어.

모래 바람 불어와

심장까지도 모래를 먹은 듯 서걱거렸지.

한 발, 내딛는 것조차 숨이 막혔지만

그래도 나는 걸었어.

저 멀리 오아시스가 보였으니까.

푸른 물 속에 뛰어들어

갈라진 입술을 축이고

가슴속의 모래를 씻어내려 했는데

그러나 어디에도 없었다,

오아시스는.

한낱 신기루.. 그저 환상일 뿐.

하지만 괜찮아. 신기루마저 없었다면

나는 지쳐 쓰러졌겠지.

사막의 태양이 나를 태워버렸을 거야.

니가 나를 구원했어.

늘 내 앞에 있었으나

끝끝내 도달할 수 없었던,

신기루 같던 사랑.

내 할머니 손가락엔
빠지지 않는 반지가 하나 있었어.

먼 옛날 사랑의 약속으로 끼워진 뒤,
세월과 함께 손마디가 굵어져서
다시는 빠지지 않게 되었다고 했지.

나도 그런 사랑 하나 갖고 싶었는데
결국은 반지를 빼버렸어.
혼자 지키는 영원의 다짐
소용없다 생각했거든.

그런데.. 반지가 머물던 자리..
하얀 흔적으로 남아
두고두고 지워지지 않는다.

볼 때마다 지키지 못한 약속들이
아프게 가슴을 쳐서

툭툭
심장에 멍이 들고 있어.

바닷가 모래밭에 내 이름을 썼어.

바다에게 내 이름을 알려주고 싶었거든.

하지만 이내 파도가 밀려와 지워버렸지.

다시 또다시 억지를 부리다가

아직 어린 소녀였던 나는

바닷가에 주저앉아 울어버렸어.

아주 오래전에 다 끝난 일인 줄 알았는데,

아직도 조금 눈물이 나.

네 마음에 새겨둔 내 이름,

어느새 깨끗이 지워져 있는 것을 볼 때면.

파도를 멈출 수도 없으면서

여전히 나는

파도치는 모래 위에

내 이름을 쓰고 있어.

눈을 뜨면

찬란한 아침이길 바랐어.

아침 햇살이

모든 걸 지워주길 바랐지만

그러나 이별한 날.

밤은 왜 그리 길었을까.

애써 눈을 감았다 뜨면, 또 어둠.

손을 저어봐도

어둠은 흔들림 없이 거기 있었어.

빛을 선물 받고 싶었는데

넌

어둠을 남기고 가버렸고,

내 가슴.

불 꺼진 채로 있었지.

그 후로도

오랫동안.

호숫가 안개 속에

우리는 갇혀 있었어.

마지막을 말하고 난 뒤라
차 안엔 어색한 침묵이 흘렀지.

언제나 걷히려나.
한숨과 함께 너는 작게 말했고,
나는 말없이 창밖을 보고 있었어.

남은 사랑.
그 안개 속에 가둬두고 싶었는데

안개는 조금씩 흐려지다가
흔적도 없이 사라져버렸지.
남은 것은 없었어.

안개가 걷히고,
사랑도 사라진 길 위.

아무 일도 없었던 듯, 햇살은 눈부셨어.

4 네 번째 이야기 편지,

마침내 전해지다

아버지는 가끔, 서재에 혼자 앉아 시간을 보내곤 했다. 해가 지고 어둠이 밀려와도 아버지는 불을 켜지 않았다. 어두운 서재 안에서 아버지는 뭘 하고 있었던 걸까. 6살 때, 나는 몰래 문을 열어봤다. 어둠 속의 아버지는, 무언가를 보고 있었다. 손에 들려 있는 것은, 아마 액자인 것 같았다.

엄마_(속삭이듯) 지훈아, 아빠 방해하지 말고 어서 와서 저녁 먹자.

지훈_ 엄마, 저게 뭐야? 아빠가 보고 있는 게?

엄마_ 어른들에게는 누구나 혼자만의 비밀이라는 게 있단다. 사랑한다면 묻지 않는 거야. 사랑한다면 그 비밀을 같이 지켜줘야 해. 알았지? 자~ 밥 먹자.

하지만 다음 날, 나는 몰래 아버지 서재에 숨어들었다. 나무로 된 낡은 액자. 그 속엔 어떤 여자의 사진이 들어 있었는데 웃는 것도 같고, 우는 것도 같은 묘한 표정이었다. 한참 사진을 들여다보고 있는데, 아버지가 달려와 성급히 액자를 빼앗더니 서랍에 넣고, 잠가버렸다. 다시 그 사진을 보기까지, 약 20년의 시간이 흘렀다.

| 2 |

20년 뒤.

엄마 _ 바보 같은 사람. 그렇게 쉽게 갈 거면서, 뭘 그리 힘들게 살았어요. 바보처럼.. 힘든 거, 우리한테 나눠주면서 살지. 흑흑..

아버지는 급하게 세상을 떠났다. 심장마비였다. 우리 가족은 꿈을 꾸는 것 같았다. 유품을 정리하는 동안에도, 역시 그랬다.

엄마 _ 이거, 지훈아, 니가 버려줄래?

지훈 _ 아버지의 그 액자군요. 사진 속의 여자 분, 누군가요?

엄마 _ 아버지는 평생 내 사람이 아니었어. 그분의 남자였지. 나도 안다. 아버지가 나를 사랑했었다는 것. 하지만 적어도 니 아버지의 심장은 그 여자의 것이었지. 사랑하는 사람을, 다른 사람과 나눠 갖는 것은 쓸쓸한 일이란다. 이제 이 액자 좀 치워줄래? 그리고 우리 아들, 오늘은 엄마랑 술 한잔할까?

그리고 어머니는, 전설과도 같은 그 사랑 이야기를 들려주었다.

| **#** | **3** |

젊은 시절. 아버지는 한 여자를 사랑했다. 첫사랑.. 하지만 그 사랑은 축복받지 못한 것이었다. 집안은 물론, 심지어 당사자인 그녀까지도, 아버지의 사랑을 거부했다.

그녀 _ 그만 해요. 더 이상 나를 찾아오지 말아요.

아버지_(20대) 진심이 아닌 거 다 알아. 이러지 마.

그녀_사랑이 아니라, 동정이에요. 처음부터 걷지 못하는 내가 안쓰러웠던 거 아니에요?

아버지_맞아. 처음엔 안쓰러웠어. 휠체어가 넘어져 길에 떨어진 당신이 가여워 보였어. 하지만 그날 밤 내가 잠들지 못한 채 생각했던 건, 당신의 다리가 아니라 당신의 맑은 눈동자였구, 웃는 얼굴이었어. 내가 당신을 사랑한 건 당신이 가여워서가 아니라, 빛나고 있었기 때문이었다구.

그녀_만약 내가 당당히 길을 걷고 있는 여자였다고 해도, 그래도 당신 눈에 띄었을까? 아뇨.. 아니에요. 시작은, 그날 내가 바닥에 넘어져 있었기 때문이야. 넘어진 주제에 웃고 있으니까, 그게 인상적이었던 거겠지.

아버지_억지 부리지 마.

그녀_당신이야말로 억지 부리지 마요. 내가 언제 당신하고 결혼한댔어요? 내가 언제 당신을 사랑한댔어? 얘기 들었어. 당신 집에선 벌써 걱정이 태산이라며. 지겨워. 지겨워죽겠어.

아버지_도대체 무슨 쓸데없는 걱정을 하고 있는 거야? 무슨 상관이야? 우리 대신 살아줄 건가? 중요한 건, 우리 자신이야. 제발, 자기 자신을 속이지 말라고. 날 사랑하는 거 다 알아.

그녀_당신을 사랑한 적 없어. 제발 가버려! 지겨워.

아버지_절대로 포기하지 않아.

그녀_바보. 그만 가요. 꼴 보기 싫어!

| # | 4 |

아버지_웬일이야. 데이트 신청을 다 하구?

그녀_우리 소풍 가요. 나, 동물원에 가보고 싶었어요.

태어나서 처음이라고 했습니다. 동물들을 보면서 무척 즐거워하던 그녀는 잠시 쓸쓸한 표정을 짓더니 말했습니다.

그녀_나 업어줘요. 휠체어 싫어.

등이 참 따뜻하네요. 아까.. 동물들 보면서 무슨 생각했어요? 난요, 이런 생각했어요. 우리 속에 갇힌 동물, 방 안에 갇혀서 꼼짝 못 하는 나. 닮은 것 같다구. 나에게도 건강한 다리가 있다면 좋을 텐데.. 그래서 당신이랑 넓은 세상 실컷 돌아다닌다면 좋을 텐데.. 봐요. 나 같은 사람과 함께라면 당신도 우리에 갇히게 될 거야. 그래도 좋아요? 나처럼 무거운 짐.. 이렇게 평생 등에 지고 걸어가야 할 텐데 그래도 좋아요?

아버지_하나도 무겁지 않아. 그냥 혼자 있을 때보다 따뜻하기만 한걸.

그녀_누구나 그래요. 함께 있으면, 누구나 따뜻하죠. 하지만 누구나 나처럼 짐이 되진 않아요. 미안해요.

아버지_오늘, 웃는 모습.. 참 예뻤어. 그건 나에게 정말 큰 선물이었거든. 다른 사람은 절대로 줄 수 없는, 아주 소중한 선물이야. 다른 건 필요없어. 그냥, 앞으로 그렇게 자주 웃어만 줘.

여자는 작게 고개를 끄덕였습니다. 하지만 그녀의 말없는 약속은, 단 한 번도 지켜지지 않았습니다.

아버지_ 저기요, 아줌마. 이 집, 언제 이사 갔어요? 어젯밤까지 여기 살았
는데.. 어젯밤 분명히 여기로 데려다 줬는데 어디로 간 거예요?

텅 빈 마루에는, 종이 박스 하나만 놓여 있었습니다.

그녀_ (에코) 당신이 주었던 모든 것, 당신에게 돌려드립니다. 난 그저 굶주
린 여자였어요. 사랑에 굶주려서 난생처음 나에게 사랑을 주었던
사람, 당신 곁을 떠날 수 없었지만, 그건 그저 욕심이었을 뿐 사랑
이 아니었어요. 돌이켜보면 난 단 한순간도, 당신을 사랑하지 않았
어요. 더 이상은 못 하겠어요. 미안해요. 나를 위해서라도, 나를 찾
지 말아주세요.

| # | 5 |

엄마_ 엄마는 아빠를 이해했지만, 그래도 가끔은 쓸쓸했어. 하지만 어쩌
겠니. 처음부터 그것은, 우리 둘 사이의 약속이었는걸.
지훈_ 주세요. 그 액자, 제가 치울게요. 그만 주무세요.

자기 방으로 돌아온 지훈은 20년 전 아버지가 그랬던 것처럼 액자를 서
랍에 넣고 잠가버렸습니다. 그 얼마 뒤 지훈은 대학을 졸업했고, 독립을
했습니다.

주현＿초대해줘서 고마워. 이건 선물. 내 사진인데, 침대 머리맡에 놔둬.

일종의 영역 표시지. 이지훈에게는 내가 있다!! 맘에 들어?

지훈＿(혼잣말로) 아, 나 왜 이러지? 사랑한다고 생각했는데, 주현이가 내 방

에 들어오는 순간, 빨리 그녀가 나가줬으면 좋겠다는 생각뿐이니..

주현이 떠난 뒤, 지훈은 서둘러 청소를 시작했습니다. 누군가 내 생활을

흩뜨려놓는 일, 지훈은 견딜 수가 없었던 거죠.

지훈＿미안해. 헤어지자. 너무 갑작스러워서 미안한데 이건 사랑이 아니

라는 생각이 들어.

주현＿그래? 그럼 사랑이 어떤 건데?

지훈＿미안해. 이만 갈게.

그 후로도 많은 여자가 사랑이 대체 무어냐고 물었지만, 대답하지 못한

채로 지훈은 그들을 보내야 했습니다. 사랑이 무엇인지, 그 또한 자신에

게 끝없이 질문 중이었으니까요.

| # | 6 |

은비＿일으켜줘서 고마워요.

친구 문병차, 잠시 병원에 들렀을 때였습니다. 병원 복도에 넘어져 있는

은비와 눈이 마주쳤을 때, 지훈은 운명을 느꼈습니다.

은비_미안한데, 손목을 좀 다친 것 같아서요. 제 병실까지 휠체어 좀 밀
어주시겠어요?

다음 날도, 또 그 다음 날도 지훈은 그녀의 병실을 찾았습니다. 그의 감
정은 이미 멈출 수 없는 것이 되어 있었죠.

은비_나, 아마 다리를 못 쓰게 될 거예요.

그 말을 하는 순간까지도 은비는 당당해 보였습니다. 이미 충분히 아름
다운 사람이었지만, 당당함은 은비를 더욱 빛나게 했죠. 지훈은 얼마 후,
은비에게 사랑을 말했습니다.

은비_지훈 씨! 빅 뉴스! 결과가 나왔는데, 나 걸을 수 있대요. 우리 파티
해요!!
지훈_(에코) 하지만 왜일까. 기쁘지가 않아. 오히려.. 은비가 내게서 멀어
질 것 같은 불길한 느낌. 이 기분은 뭐지?

| # | 7 |

은비_왜 이래? 회식 중이라는데 5분마다 한 번씩 전화하면 어쩌자는 거야?
지훈_거기 진짜 어디야? 무슨 회식이 그렇게 잦아? 누구랑 같이 있어?
어디야? 내가 데리러 갈게.
은비_지겨워, 정말. 전화 끊어.

은비의 퇴원 후. 끝없는 싸움이 계속되고 있었습니다.

지훈_지금 몇 시야? 전화는 왜 꺼놨어? 밤늦게 다니지 말랬지?

은비_집 앞까지 찾아와서 왜 이래? 지겨워. 지겹다구!! 다시는 내 앞에 나
타나지 마.

지훈_뭐, 지겨워?

은비_솔직히 말해봐. 내가 다리를 못 썼으면 좋겠지? 만날 휠체어에 앉
아서 지훈 씨나 기다렸으면 좋겠지? 미안하지만, 나에게는 건강한
다리가 있어. 어디든 내 마음대로 갈 수 있다구. 제발 나를 묶어두
려고 하지 마. 이건 사랑이 아냐. 집착이라구.

지훈_아냐. 이건 사랑이야. 니가 사랑을 알아?

은비_사랑이 뭔데? 말해봐! 지훈 씨한테 사랑이 뭐야?

이번에도 지훈은 대답하지 못했습니다. 은비는 절박한 표정으로 다그쳤
습니다.

은비_대답해봐. 사랑, 사랑, 그 지겨운 사랑이 대체 지훈 씨한텐 뭔데?
날개를 꺾어서 새장 속에 가둬두는 거, 그게 사랑이야? 두 발을 꽁
꽁 묶어서 우리 안에 가둬두는 거, 그게 사랑이냐구? 대답해봐!!

지훈_ 여보세요. 강은비 씨 부탁합니다. 네? 퇴사했다구요?

　　　휴대전화도 안 되고.. 집도 이사를 해버리고. 강은비.. 대체 어디로

　　　간 거야? 하지만 괜찮아. 내가 찾을 테니까. 내가 꼭 찾아낼 테니까.

은비를 찾아낼 때까지, 지훈은 멈추지 않았습니다.

지훈_ 강은비, 여기 숨어서 어쩌자는 거야? 내가 널 얼마나 사랑하는지

　　　몰라?

은비_ 지훈 씨, 거울 좀 봐. 이게 사랑이니? 엉망진창이 되는 게?

그리고 며칠 뒤, 은비는 또 사라졌습니다.

지훈_ (술에 취해) 이번엔 또 어디로 가버린 거야. 강은비, 대체 어디 있는데

　　　찾을 수가 없는 거야?

엄마_ 지훈아, 내 아들.. 대체 너 왜 그래.. 지훈아..

지훈_ 엄마.. 못난 모습 보여서 죄송해요. 하지만 그동안 내 마음은요.. 빗

　　　장이 걸려 있는 방과 같았어요. 다른 사람에겐 열리지도 않았구, 다

　　　른 사람이 들어오는 걸 참을 수도 없었어요.

엄마_ 근데 은비가 우리 아들의 마음을 열어버렸구나. 그리고 떠나버렸어.

지훈_ 오직 한 사람, 은비에게만 그 문이 열렸는데.. 은비는 내가 지겹대

　　　요. 이제 난 텅 빈 가슴으로, 평생을 살아야 할지도 몰라요. 난 그러

　　　기 싫다구요. 다시 혼자 있기 싫어요.

엄마_바보 같은 녀석. 너를 혼자이게 만드는 건 은비도 아니고, 다른 사
람도 아니야. 누가 지 아버지 아들 아니랄까 봐.. 더 이상은 못 보겠
구나. 지훈아.. 집으로 다시 들어오렴.

| # | 9 |

지훈_은비야, 벌써 많은 시간이 흘렀어. 이제 니가 남긴 걸 버려야 하는
데, 버리질 못하겠다.

힘없이 떨어지던 지훈의 손끝에, 문득 차가운 것이 닿았습니다.

지훈_아버지 액자구나. 아직도 여기 있었어. 이제 이것도 버려야지.

사진과 액자를 분리하려고 액자 뒤편을 열었을 때였습니다, 숨겨진 편지
가 발견된 것은. 아마 아버지도 보지 못했을, 한때 아버지가 사랑했던 그
녀의 편지.

그녀_(에코) 사랑하지 않았다고 했던 말은, 거짓입니다. 당신은 더 큰 세상
을 향해 날아가야 할 사람. 그러나 내 곁에선, 나라는 새장 속에 갇
혀 날아볼 생각조차 하지 못할 것을 압니다. 작고, 부족한 나라서
미안합니다. 당신에게 날개를 달아줄 수 없음에도 이렇게 눈물이
나는데, 당신을 가둬둘 수는 없습니다. 당신에게 굴레가 될 수 없어
떠납니다. 더 큰 세상을 향해 날아가세요. 사랑하기 때문에 떠나는

것임을 이해해주세요. 언젠가 당신이 이것을 봐주리라 믿고, 전하지 못한 몇 글자를 적습니다.
진심으로 사랑합니다.

텅 빈 우체통에 편지가 떨어지듯, 그 편지는 지훈의 가슴에 떨어졌습니다. 몇 번이나 다시 편지를 읽은 지훈은, 자리를 털고 일어나 짐을 정리하기 시작했습니다.

지훈_은비야, 이제 진심으로 널 보내줄 수 있을 것 같다. 편지 속의 그녀는 그저 다리가 묶여 있을 뿐이었지만, 나는 마음이 묶여 있었나봐. 이렇게 작고 부족한 내 안에 널 가둬두려 했다니, 많이 힘들었지? 은비야. 이제 알 것 같아. 사랑한다면 더 큰 자유를 선물해야 한다는 것. 가끔은 사랑하기 때문에 놓아줘야 할 때도 있다는 것, 이제 알 것도 같다.

처음이라고 생각했는데 아니었어.
그 찻집에 들어서는 순간,
기억의 필름이 거꾸로 돌아갔다.

오래전 그날. 이쪽 벽이었던가.
낙서로 가득한 벽 한쪽 구석.
우리 이름 나란히 적어놓은 너의 글씨.
문질러봐도 지워지지 않았어.

벽에 적힌 무수한 이름 속에서
이젠 의미 없는 한낱 낙서가 되어버린
너와 나의 이름처럼

그저 의미 없는,
아무것도 아닌 것이 되어주길 바랐는데

기억은,
그러나 사랑보다 오래 남은 기억은
끝내 흔적으로 남았어.

아무리 문질러봐도
니 이름
지워지지가 않아.

빨간 불.

횡단보도 건너에 니가 서 있었어.
난 입술을 깨물었지.
한 달 전이었다면
반갑게 니 이름을 외쳤을 내 입술.
이젠 아프게 닫아둘 수밖에.

문득 신호가 바뀌었어.

몸을 숨길 무엇도 없어서
슬쩍 돌아섰는데
등 뒤, 너의 웃음소리.

그렇게 웃을 수도 있구나,
나의 등을 볼 때면
흔들리는 얼굴로
나를 돌려세우던 너였는데.

파란 불.

가도 되는데, 갈 수 있는데
여전히 가지 못하는 내 등 뒤에서
오늘 너, 웃고 있었어.
멀어지고 있었어.

－그냥 둬.

다 마르면 그때 털어내자.

그래야 흔적이 덜 남으니까..

비 오던 날.

차 한 대가 흙탕물을 튕기며 지나갔어.

넌 우산을 기울여 막아봤지만, 한발 늦었지.

내 스커트 위로 튀어 오른 진흙을 보며 니가 그랬어.

다 마른 다음에 털어내야 흔적이 덜 남는다고 말이야.

기다리려고 했어.

너의 기억

깨끗이 마르는 날을 기다려

다 털어내려고 했는데

채 마르기도 전에 비는 다시 내리고

흔적은 더 또렷해져.

비 오던 날.

내 젖은 어깨 위로 우산을 기울여줄 때

내 가슴에 새겨진 너.

너의 흔적은.

그것은 **불꽃**이었어.
위험하다는 것을 까맣게 잊을 만큼
지독하게 황홀한 불꽃.

그 속으로 나비는 뛰어들었지.
뜨거운 불꽃이 날개를 녹였어.
모든 게 끝일 수 있음을 알았지만,
멈출 수 없었어.

거기서 끝이었다면, 차라리 좋았을지도 모르지.

불꽃은 날개를 태워버렸고,
나비는 추락했어.
그때, 다시 날개가 돋아났지.
나비는 또 불꽃을 향해 갔어.
추락은 계속되었지.

어쩌면 그것은 형벌이었어.
끝없이 돋아나던, 사랑에 대한 마지막 기대.
영원히 버릴 수 없던
그 사랑은
차라리 **형벌**이었어.

난 **창밖에 서** 있었어.

창문을 통해 보이는 니 모습.
무척 따뜻하고 평온해 보여서
난
창문을 두드릴 수 없었지.

내가 서 있는 세상은
너무 추웠거든.
찬바람 속에
널 세워둘 순 없었어.
널 많이 아꼈으니까.

그날 밤.
이 세상에서
가장 추운 곳이었다.

차마 두드리지 못하고
나 혼자 서 있었던
너의 창 밖은.

오늘 낮엔

손을 열 번이나 씻었어.

점심시간.
식당.
잠깐 지났던 찻집.
지하철역.
대형 서점 화장실.

하루 종일,
가는 곳마다,
할 수 있을 때마다,
손이 빨갛게 되도록 씻어봤지만
지워지지 않았어.

왼손, 네 번째 손가락.
약속이 깨지고 반지가 사라진 뒤에도
여전히 남아 있는, 하얀 동그라미.

빼낼 수 없는, 약속의 기억.
여전히
손가락 끝에 걸려 있어.

기억나는 건, 너의 옆얼굴뿐이야.
매일 옆 자리에 앉아
몰래 훔쳐만 보던 얼굴이라
반쪽밖에는 기억나지 않아.

나.. 오늘 속상한 일이 있어서
조금 울었거든.
근데 자꾸 오른쪽 눈에서만
눈물이 떨어지는 거야.
거울에 비춰보니
왼쪽 얼굴은 참 아무렇지도 않더라.

너도 그럴까 봐 겁이 나.
너.. 행복해 보였는데
내가 보지 못한 남은 반쪽이
몰래 울고 있을까 봐 자꾸 걱정이 돼.

그 사람이 잘해주니?

힘이 들면, 고개를 돌려 나를 봐줄래?
마주 볼 수 있다면
너의 그늘을 끌어안는 일까지도
내겐 충분히 눈부신, 행복일 거야.

비를 맞고 있는 눈사람을 본 적 있어.
초라하게 녹고 있더라.

비, 그리고 눈.
서로 닮았으나
함께일 수 없는 이유는, 온도 차이.

우리도 그랬지.
나만큼 뜨거워질 수 없냐고
너를 참 많이 몰아붙였는데..
처음부터 심장의 온도가 달랐을 뿐,
사랑이었다고 왜 말하지 않았니?

쏟아지는 원망 속에서
빗속의 눈사람처럼
서서히 작아졌을 너를 생각하니,
정말 미안하다.
사랑했던 것.

메말라 보여서

물을 주려고 했던 것뿐인데
꽃밭에 들어갔다가
꽃잎을 떨어뜨리고 말았어.
꽃향기를 맡으러 갔다가
그만 작은 들꽃을 밟기도 했지.

좋아서 그랬는데
잘해주고 싶었을 뿐인데
아픔만 남겼어.

그래서 아무것도 할 수 없었지.
내 안의 나.
사랑을 주러 갔다가
아픔만 남기게 될까 봐
아무것도 할 수 없었는데
상처였구나.
그게 또 네게는 상처였구나.
아무것도 할 수 없었던,
차가운 내가.

이별을 말한 뒤 담배를 물며 너는 말했어.
—이것만 다 피우고 일어나자.

담뱃재가 툭툭, 내 가슴속으로 떨어지는 것 같더라.
견디지 못하고 먼저 일어서 나오는데
찻집 문을 향해 가는 내 발걸음.
마치 세상의 끝을 향한 것 같았어.

문 앞에 섰는데 좀 두려웠어.
너 없는 세상은 상상해본 적이 없었거든.
하지만 멈춰 있을 순 없었지.
네 손끝에서 담배가 타들어 가고 있었으니까.
우리 함께할 시간도 이제 다 끝나가고 있었으니까.

애써 문을 열어젖혔는데 바깥엔 햇살이 눈부셨어.
너 없는 세상도 이렇게 찬란할 수 있구나.

입가엔 미소가,
눈가엔 눈물이 맺혔다.

5

다섯 번째 이야기

인형,

그를 꿈꾸다

숲 속 깊은 성안에 숨어 있어도 상관없어요. 동화 속에선 언제나 왕자가 공주를 찾아내죠. 그가 키스를 하면 멈춰 있던 공주의 심장이 뛰기 시작하고, 온통 가시밭뿐이던 길이 꽃밭이 돼요. 사랑은 참 놀라운 마술 같아요. 언니를 보며 알았어요. 말 한마디면 된다는 것. 사랑하는 사람의 말 한마디가 언니를 순식간에 천국에서 지옥으로 떨어뜨리곤 했으니까요.

주현_ 이기찬! 대체 왜 이래? 왜 또 술이야?

기찬_ 더 이상 할 말 없어. 전화 끊어.

주현_ 비겁해. 술로 도피하지 말고, 현실을 똑바로 봐! 지금 끊으면 영원히 끝인 줄 알아.

기찬_ 이만 끊을게.

주현_ 그래.. 이 바보.. 정말 이게 끝이면 좋겠다.

세영_ 언니~ 원맨쇼 그만 하고 발 닦고 잠이나 자. 뭐야? 또 우니? 오빠가 하는 말 한마디에 웃다가, 울다가~ 지겹지도 않아? 정말 웃겨 죽겠다.

주현_ (울먹이며) 나도 이런 내가 싫어. 정말 싫다.. 싫어.

한 사람을 향한 언니의 마음은.. 전설과도 같은 것이었어요. 뒤늦게 내가 동생으로 태어나기도 훨씬 전부터.. 그 사랑은 변함없이 이어져 왔죠.

| # | 2 |

15년 전이라고 했어요. 내가 태어나기 2년 전.. 그러니까 초등학교에 막 입학했을 때.. 언니는 오빠를 처음 만났대요.

꼬마 기찬_(에코) 반가워. 난 이기찬이라고 해. 유리에게 얘기 많이 들었어. 난 유리랑 유치원 때부터 친구였거든.

주현_그런 느낌은 처음이었어. 심장 저 구석에서 따뜻함이 퍼져 나오는 느낌이랄까?

세영_언니~ 언니 나이가 나의 두 배야. 내 평생 그 얘길 들었다구. 약 사다 바친 얘기도 할 거야?

주현_맞아. 기찬이가 운동하다가 무릎이 까진 적이 있었지. 그때 내가 몰래 약을 갖다났는데~ 기찬이가 그러는 거야.

꼬마 기찬_(에코) 와~ 나 감동했어. 어제 나 무릎 까졌다고 약을 사다가 우편함에 넣어놨더라.. 유리, 정말 깜찍하지?

주현_유리가 아니라 나였는데.. 기찬인 정말 바보였어.

세영_진짜 바보는 언니야. 왜 말도 못 하고 끙끙대?

주현_난 기찬이만큼 내 친구, 유리도 사랑했거든. 사랑하는 두 사람이 행복하다면 나는 조금쯤 울어도 괜찮다고 생각했어.

| # | 3 |

사랑하는 사람으로는 옆에 있을 수가 없어서.. 언니는 친구로서, 기찬 오

빠의 옆에 있기로 했대요. 아주 오래전에도 그랬고.. 스무 살 무렵에도
역시 그랬죠.

기찬_ 야야~ 옥주현! 너, 지겹다. 대학까지 따라오냐?

주현_ 유리랑 너랑 나랑 다 같이 같은 학교 오니까 좋잖아.

기찬_ 좋기는!! 유리는 벌써 소개팅 간다고 튀었다. 그 꼴을 계속 볼 생각
하니 벌써부터 착잡하다. 주현이 넌 소개팅 안 해?

주현_ 안 해.. 사실은.. 나.. 좋아하는 사람이 있거든.

그게 바로 너야~라고 말하지. 답답한 우리 언니! 그렇게 말했다면 우리
언니, 조금은 덜 울게 됐을까요?

(# 빗소리)

기찬_ (취한 목소리로) 주현아, 밤늦게 불러내서 미안하다. 너랑 술 한잔
하고 싶어서.. 자.. 마셔.

주현_ 무슨 일이야? 얼굴이 복잡해 보이는데?

기찬_ 나 말이야.. 유리.. 정말 여자로서 좋아하거든. 근데 유리는 내가 그
냥 친구래. 다른 남자가 좋댄다. 넌 알고 있었지? 하긴 모를 리가
없지. 늘 붙어다니는 단짝이니까..

주현_ 그러니까!! 진작 고백하지 그랬어?

기찬_ 난 유리가 내 운명이라고 생각했어. 다른 누구에게 갈 수 있다고는
생각 못 했는데 미련했지..

주현_ 많이 힘들어?

기찬_우산도 없이 소나기를 맞고 있는 기분이야. 아니, 폭포가 쏟아지는 것 같아. 끝없이 가라앉는 느낌.. 이렇게는 못 살겠어. 주현아, 나 좀 도와줄래?

결국 언니만 또 울게 될 거라고 말렸는데.. 바보 같은 우리 언니.

주현_나 힘든 건 괜찮은데.. 기찬이가 힘든 건 못 보겠어. 유리에게 말할래.

세영_언제 철들래? 끼어들지 마. 이건 그들만의 문제라구.

주현_유리도 진실을 알아야 해. 판단의 기회를 줘야 한다고.

언니가 미쳐버린 줄 알았어요. 사랑이 얼마나 깊으면 그럴 수 있을까요.

주현_여보세요? 유리니? 나야.. 있잖아.. 나 많이 망설였는데.. 친구로서 너에게 진실을 알려야 할 것 같아서.. 사실 난 처음부터 알고 있었는데.. 니 남자친구.. 다른 여자가 있어.

가혹한 날들이었어요. 사랑이 모두를 눈멀게 한, 정말 지독한 날들이었죠.

| # | 4 |

언니네 학교에서 가을 축제가 있던 날이었습니다.

기찬_주현아.. 나랑 쇼핑 가자. 유리 반지 좀 골라줘.

그런 건.. 절대.. 해서는 안 되는 일이라고 왜 학교에선 가르쳐주지 않는
걸까요? 바보, 바보, 바보 같은 우리 언니.

기찬_유리야.. 이 반지 받아줄래? 이제.. 날 친구가 아닌, 남자로 봐주면
좋겠다.

그날 밤. 언니는 베개 대신 인형을 끌어안고, 내 방을 노크했어요.

주현_아.. 이 인형? 기찬이가 사줬어.
세영_좋기도 하겠다. 누구는 반지 받을 때, 인형 하나 챙겼어? 하긴 인형이
랑 언니가 닮긴 했지. 말도 못 하고 멍청히 보기만 하는 꼴이 말이야.
주현_유리 화났어. 기찬이 고백 못 들은 걸로 하겠대. 친구 이상은 싫대.
혹시 내 감정을 눈치 채고 있었던 걸까?
세영_지구 반대편에 있는 사람도 눈치 챌 지경이라구. 또, 또, 무슨 생각
해! 언니 혼자 북 치고, 장구 치고, 피곤하겠다. 제발~ 발 닦고 잠
이나 자자!

(# 휴대전화 벨 소리)

주현_어~ 기찬아! 목소리가 왜 그래? 어디야? 거기 꼼짝 말고 있어.

기찬_(취한 목소리로) 주현아.. 나.. 너무 힘들어. 힘들어 죽겠어. 죽을 것 같아. 차라리 죽어버렸으면 좋겠어.

주현_가자. 해장국 사줄게.

난요, 도로 위에 그려진 차선들을 보면서 가끔 생각했어요. '여기서 멈추시오', '여기서 돌아가시오' 도로 위엔 다 그려져 있으면서 왜 우리 마음속엔 없는 걸까요? 정지선도 없고, 방향 표시도 없어서, 가끔 너무 힘들잖아요. 여기서 멈췄어야 했는데, 멈춰지지 않았어요. 오빠의 마음도, 언니의 마음도, 그리고 운명의 장난도..

(# 차 부딪치는 소리/구급차 소리)

거짓말 같았어요. 바로 한 시간 전에 웃으며 우리 집을 나섰던 유리 언니가.. 정말 거짓말처럼 세상에서 사라져버렸습니다.

주현_나, 휴학할래. 유리도 없고, 기찬이만 남은 학교. 힘들어서 더 이상 못 다니겠어.

휴학을 하듯, 자기 뜻대로 멈출 수 있었다면 좋았을 거예요. 고통도, 그리고 그 질긴 인연도 말이에요.

기찬_(취한 목소리로) 주현아, 오늘만 내 술친구 좀 돼주라. 자꾸 유리 생각이 나는데, 같이 유리 얘기를 할 사람은 너밖에 없더라구. 어릴 땐 내가 몸이 좀 약했거든. 애들한테 맞고 있으면 유리가 내 편이 되어줬어. 그때부터였을 거야, 유리를 좋아하게 된 거.

오빠는 매일 애처로운 목소리로 유리 언니 이야기를 했습니다. 때문에 언니는 몰래 울었고, 견디다 못해 화를 내기도 했습니다.

주현_이기찬.. 비겁해. 술로 도피하지 말고, 현실을 똑바로 봐! 지금 전화 끊으면 영원히 끝인 줄 알아.
그래.. 이 바보.. 정말 이게 끝이면 좋겠다.

세영_아주 쑈를 해라~ 발 닦고 잠이나 자랬지? 지겹지도 않냐?

주현_나 바보 같지? 유리 없이는 기찬이도 의미 없을 줄 알았는데 아니더라. 자꾸 마음이 흔들려. 나 정말 못됐지? 이젠 정말 그만 멈추려고 했는데..

세영_그래, 진짜 바보 같애. 이리 와봐.. 어디~ 우리 바보 같은 언니 좀 안아볼까? 언니.. 기억나? 지난번에 언니 차 타고 나갔을 때?

주현_딱지 떼던 날? 정말 정지선에서 멈추려고 했는데 뒤차들이 멈추지 않고 달려와서.. 우리도 어쩔 수 없이 달렸잖아.

세영_신호 위반했다구 딱지 끊었을 때.. 내가 억울하다고 하니까 언니가 그랬지? 할 수 없다고.. 어차피 혼자 가는 길이 아니니까.

주현_길 위에선 내 맘대로 안 돼. 멈추고 싶은데 달려야 할 때도 있고.. 누군가 끼어들어서 원치 않는 차선을 타게 될 때도 있어.. 사랑도.. 역시 그런 걸까?

언니는 멈추고 싶은데도, 계속 달려야 했습니다. 그러다 어느 날엔 또.. 뜻하지 않게, 우뚝 멈춰 서야 했죠.

기찬_그동안 미안했다. 주현아. 나, 이젠 유리를 잊을 거야. 그래서 말인데.. 이젠 우리 못 볼 것 같다. 널 보면 자꾸 유리 생각이 나서.. 내가 살 수가 없어.

| # | 7 |

언니는 묵묵히 이별을 받아들였습니다. 하지만 기찬 오빠는 언니처럼 되지 않았나 봐요.

주현_예? 기찬이가요? 거기 어디예요? 어디냐구요??

언니가 걱정돼서 따라나갔는데.. 기찬 오빠, 정말 엉망으로 취했더군요.

기찬_(술에 취해서) 유리야~ 유리야~ 우리 유리 돌려줘~ 유리야!!
주현_이기찬, 그만 해. 가자!!
기찬_난 못 가. 유리 데리고 가야 해. 나 혼자는 못 가! 유리야!
주현_너 미쳤어? 너 바보야? 잊을 거라며! 근데 이게 뭐야!

기찬_ 나도 잊고 싶어. 지우고 싶어 죽겠다구.. 근데.. 이렇게 부르면 유리
가 금방 나타날 것 같은데 어떡해? 나도 따라 죽을까?

주현_ 그래, 죽어! 죽어버려. 왜 너밖에 몰라? 이런 너를 볼 때, 내 마음이
얼마나 아픈지 알아? 내가 널 얼마나.. 얼마나.... 됐다. 그만 가봐.
집에서 걱정하시겠다.

언니는 뒤돌아 뛰기 시작했습니다. 걱정이 돼서 따라가 보니 언니는 울
고 있었어요. 차가운 벽에 기대서 언제나처럼 혼자.. 언니는 울고 있었습
니다.

| # | 8 |

세영_ 이제 제발 우리 언니 앞에 나타나지 마요. 언니는 오빠를 아주 오래
전부터 좋아해왔으니까, 이제 그만 해요. 또 한 번 우리 언닐 울리
면, 그땐 내가 가만히 안 있을 거야!

기찬_ 그래.. 맞아.. 그랬구나. 미안하다. 정말 미안하다.

내가 오빠를 찾아간, 그 얼마 후.. 오빠는 떠났습니다.

주현_ 지도 봤는데.. 거기 정말 먼 나라더라. 잘 다녀와.. 그리고.. 기찬아..
저기.. 아냐. 건강 잘 챙기고.. 그래.. 안녕.

언니는 끝까지 사랑을 이야기하지 못했고, 오빠는 오직 미안하다고만 말

했습니다.

슬픔에 빠진 사람들 위로.. 아무렇지 않은 듯.. 시간은 흘러갔고.. 사랑도, 상처도 희미해졌습니다. 여전히 언니 방에 놓여 있는 인형 하나만이 한때 여기 아픈 사랑이 있었음을 말해주고 있습니다. 지켜만 볼 뿐.. 단 한마디.. 사랑한다.. 말하지 못했던 지난날.. 우리 언니를 닮은 인형 하나만이 홀로 사랑을 추억하고 있습니다. 이제는 다 지나간 일이 되어버린.. 그 사랑을 말입니다.

있잖아. 한때 내게 **그런 사람이** 있었어.
가슴 설레게 하늘이 파란 날.
몰래 그를 납치해서, 바다로 가고 싶었어.

바다 앞에 차를 세우고,
준비해 온 보온병에서
따뜻한 레몬차 한 잔.. 따라주고 싶었거든.

차 한 잔에 마음이 녹아
그가 깜빡 잠들면,
혼자 몰래 "사랑한다" 말했을지도 몰라.

그 사람,
끝내 내 것이 되지 못한 너와 함께,
단지 한나절이라도 좋았어.
오직 나만 널 갖고 싶어서
바보처럼 그날 그렇게 말했던 거야.

아.. 바다가 보고 싶다..고.

주차장에 차를 대다 생각했어.

처음부터 이렇게
선을 그어줬으면 좋았을 텐데..
여기서 멈춰, 이 선을 넘지 말아.
누가 처음부터
선을 그어줬다면 좋았을 텐데..

너무 많이 기울었던 내 마음.
옆에 있으면 숨이 막힌다며 넌 떠났어.
나 없이는 밥도 제때 챙겨 먹지 못하면서.

걱정돼서, 전화기를 들다가 그냥 놓았다.

더 이상
너에게 마음 기울어선 안 되니까.

이젠 알았으니까.
너무 많이 사랑하는 것도 죄..라는 것.

밤하늘을 가리키며 너는 말했지.

– '검은 별' 이라는 게 있어.
검은색이라 보이지 않지만,
분명히 저기 어디선가 자기 자리를 지키고 있지.

내 우주에서
니가 사라져버렸다고 느꼈을 때,
소용돌이가 그치고
비로소 평화를 찾았다고 생각했는데

오늘,
그냥 걸어봤다는, 니 전화 한 통으로 알게 되었지.

검은 별.. 너였구나.
보이지 않았지만, 그냥 거기 있었구나.
그래서 여전히 가끔, 가슴이 아팠던 거야.

보이지 않아서, 뺄 수도 없던 너.
내 우주의 중심
내 심장 한쪽에 박힌
검은 별.

마법에 걸려, 온몸이 굳어버린
차가운 대리석 동상과도 같았지.
너를 만나기 전, 나는 말이야.

니가 차가운 내 이마에
따뜻한 입술을 맞추던 날.
나는 마법에서 풀려난 공주처럼 행복했어.

하지만 지금.
모든 생각의 끝에 니가 서 있는데,
정작 너는 내 곁에 없는 지금.

할 수 있다면, 다시 돌이 되고 싶어.
돌이 된 나의 뇌는 더 이상 너를 추억할 수 없고,
내 심장, 더 이상 너를 그리워할 수 없을 테니까.

차라리,
사랑을 모르던,
돌이 되고 싶어.

그 꽃은, 아무것도 하지 않았어.

내 이름을 부른 적도 없고,
손짓 또한 하지 않았지.
그저 아름다웠을 뿐.

보는 순간, 마음이 붙들려
아무것도 할 수 없었지만
꽃의 잘못은 아냐.
꽃은 그냥 거기 있었을 뿐.

한순간 내 마음을 빼앗고,
어느 날 문득 꽃이 지듯
사랑을 거두어버린 너.
하지만 니 잘못 아냐.
넌 그저 아름다웠을 뿐.

시작처럼 끝도 나 혼자 할게.
넌 그대로, 아름다우렴.

아프지 마.

자전거 바퀴 두 개를 봐.

둘이 좀 떨어져 있잖아.

딱 붙어 있으면, 달릴 수가 없어.

잘 달리기 위해

거리를 두는 거라고 생각하자.

'잠시만 안녕' 일 거라더니

돌아온 너의 눈빛은 너무 멀더라.

건조한 니 손을 잡고 나는 알았지.

손은 잡고 있으나

이제 마음은 잡을 수 없다는 것.

허망함에 손이 미끄러졌는데

빠져버린 자전거 바퀴 같았던, 너는

멈추지 않았어.

뒷모습을 보는 것,

결국 내 몫인 거지.

언제나 그랬듯

마지막 뒷모습도

걸음이 느린,

나의 몫이었어.

어릴 때 살던 동네에 가봤어.
참 많이 달라졌더라.
그대로 있는 건, 길모퉁이 문구점 정도?
문구점을 기준으로 여긴 서점이 있었지,
여긴 꽃집이 있었던가.. 혼자 가늠해봤지만,
이미 모든 건 흔적도 없이 사라졌고
그곳에서 난 철저히 이방인이었어.
어린 시절, 매일 지나던 골목인데
낯설어서 길을 잃을 뻔하기도 했지.

─어디 가지 말고, 꼭 여기 있어.

떠나던 날, 꼭 다시 찾으러 오겠다고 넌 말했지만
이렇게 되면 어쩌지?
시간이 지나 모든 것이 달라져서..
나를 찾아오다가.. 너.. 길을 잃어버리면 어떡하지?
모퉁이만 돌면 내가 있는데
너.. 지쳐서 돌아가면 어떡하지?

난 여기 있어.
니 말대로 난 오래오래 **여기 그대로** 있는데
그런데..

톡톡 튀는 너를
나는 **레몬**이라고 불렀어.

왜 하필 레몬이냐고 했지.
레몬나무는 향기롭지만
열매는 먹을 수 없다는,
그 노래 가사를 알지 못하냐면서.

하지만 난 그냥 좋았어.
레모네이드를 먹을 때 찡그린 니 표정.
레몬 사탕이 터질 때
귀엽게 일그러지던 니 얼굴이 생각나
오늘은, 눈이 조금 시큰했어.

"레몬이 좀 시네."
어설픈 변명으로
레몬을 뱉으며 생각했어.

세상의 이 많은 레몬을, 어쩌면 좋지.
모두가 **눈물**이 될 텐데.

사라져버렸어.

우리 같이 갔던 찻집.
꽃가게가 되어버렸더라.

아마 저쯤이었겠지.
우리 앉았던 자리를 가늠해보니
노란 장미 한 아름, 꽃병에 꽂혀 있었어.

허리를 꺾어 곁에 두는 거, 사랑이 아니라며
꽃병의 꽃들, 넌 질색했지.

가지지 못해도 좋으니
있는 그대로 지켜보는 게,
너의 사랑법이라 했던가?

난 아니었는데,
단 한순간이라도 제대로 네 곁일 수 있다면
난 차라리 허리 꺾인 장미가 되고 싶었는데..

늘 그만큼, 손 닿지 않는 곳에 있던 너.

니가 선물한 자유가 쓸쓸해서, 난,
허리 꺾인 장미가, 부럽고, 부러웠어.

어느 날,
푸른 별 지구는
밤하늘 달에게 마음을 뺏겼지.

가만히 다가가 서로 손잡고
손에서 손으로 전해지는 마음
함께 느끼고 싶었지만,
그럴 수 없었어.

한발 다가갈 때마다
푸른 별, 지구 안의 바다가 일렁이고,
그들의 우주가 혼란에 빠졌거든.

그래서 지구는, 제자리에 있기로 했대.
이만큼 떨어져 있는 것이
차라리 더 아름다울 수 있음을 알았으므로

사랑하지만 그렇게, 있기로 했대.
하지만 후회는 않기로 했지.
하나가 되었다면, 볼 수 없었을 테니까.

오늘도 하늘에서 빛나는 달.

당신이

6 여섯 번째 이야기

잠든 사이에

윤지_ (에코) 어느 날, 문득. 허기진 느낌이 들었다. 먹어도 배만 부를 뿐, 포만감은 느껴지지 않았다. 무엇으로도 허기를 채울 수 없어서 나는 그 가을, 좀 헤맸다.

무엇으로도 달래지지 않던 그녀의 공허는 도서관에서 끝이 났습니다. 우연히 도서관에 발길이 닿은 뒤, 윤지는 오래도록 굶은 사람이 밥을 먹듯 허겁지겁 책을 읽었습니다. 그렇게 도서관에서 계절 하나를 다 보내고 있을 무렵..

윤지_ 이제 좀 살 것 같다.. 후.. 겨우 제자리로 돌아온 기분이야. 길 잃고 헤매다가 겨우 집을 찾은 느낌이랄까.

더 정확히 말하면 길고 고된 여행 끝에 집으로 돌아와 막 침대에 누운 기분이었습니다.

윤지_ 편안한데.. 지독하게 피곤해.. 졸려..

순식간에 윤지는 잠들어 버렸습니다. 꿈도 없이 깊고 달콤한 잠이었죠. 얼마나 시간이 지났을까요.

(# 천둥소리)

윤지_ 깜짝이야. 비가 많이 오려나 본데, 빨리 집에 가야겠다.

급하게 가방을 챙길 때였습니다. 보고 있던 책 속에서 뭔가 팔랑~ 하더니.. 바닥으로 떨어졌죠.

윤지_ 뭐지? 이거 편지 같은데..

편지엔 이렇게 써 있었어요.

〈비 오는 바다를 본 적 있나요? 지독한 소나기가 쏟아지던 날.. 서울에선 강물이 넘치고 세상이 물에 잠겼는데, 내가 있던 바다는 참 아무렇지도 않았어요. 대체.. 얼마나 깊어야 그럴 수 있을까요. 당신의 아픔과 슬픔.. 다 받아주고도 넘치지 않고, 넉넉한 모습으로 당신 곁에 있고 싶어서.. 오늘도 깊어지는 연습을 합니다. 언제쯤 당신에게 바다가 될 수 있을까요. 힘을 내요. 당신은 웃는 모습이 더 예쁠 것 같아요.〉

윤지_ 바보. 대체 누가 연애편지 같은 걸 여기다 끼워놓은 채 반납한 거야? 그나저나 이 편지의 주인공은 좋겠다. 이렇게 생각해주는 사람도 있고..

(# 천둥소리)

순간, 천둥소리와 함께 윤지는 깨달았습니다. 자신을 그토록 허기지게 하고, 목마르게 한 것이 '사랑' 이었다는 것을 말입니다.

주현_또 무슨 책이야? 이윤지. 도서관에 살림을 차리지 그러냐?

윤지_주현아, 이것 좀 봐.

주현_웬 편지? 연애편지야?

편지엔 이렇게 써 있었습니다.

〈사랑이 욕심을 낳는 것은.. 어쩔 수 없는 일일까요? 옛날 중국 여자들은 발에 전족이라는 걸 했답니다. 아주 작은 신발로 더 이상 발이 크지 못하도록 묶어두는 거였어요. 여자들은 발이 아주 작아서 툭하면 넘어졌어요. 오래 걸을 수 없어서 멀리 가지도 못했죠. 중국 남자들은 그런 식으로, 사랑하는 여자를 가둬뒀대요. 그것이 사랑일 수 있을까요? 날개를 꺾어 곁에 두는 것. 그게 정말 사랑일 수 있을까요? 당신을 곁에 둘 수 없어서 나는 아프지만.. 그래도 행복해요. 자신의 의지대로 가고, 또 오는 당신을 보는 것이 아프지만.. 그래도 행복합니다. 오늘은 어떤 하루였나요..〉

윤지_도서관에서 책을 빌리면 자꾸 이런 편지가 나와. 벌써 몇 번째인지 몰라.

주현_수상한 냄새가 나.. 아무래도 널 겨냥한 게 아닐까 싶어.

윤지_하지만 내 이름 같은 건 없었는걸..

주현_아냐. 내 육감을 믿어봐. 대출 카드를 분석해보면 답이 딱 나올 거야. 니가 빌렸던 책을 똑같이 다 빌렸던 사람이 범인 아니겠어? 책다 뽑아와 봐.

윤지_좀 많은데.. 이것두, 이것두, 이것두..

주현_공통된 이름만 찾으면 될 거야.. 근데 생각보다 어렵네. 도움을 청해야겠다. 저기, 사서 아저씨~!!

형중_예. 무엇을 도와드릴까요?

주현_요즘은 대출 기록, 다 전산화되어 있죠? 제 친구를 위해서 뭣 좀 검색해주시면 안 될까요?

| **#** | 3 |

형중_윤지 씨. 이리 와요. 늦게까지 기다리게 해서 미안해요.

윤지_죄송해요. 무리한 부탁을 해서..

형중_제 옆에 앉아봐요. 사실 이런 작업은 간단한 편이에요. 하지만 꼭 찾아야겠어요? 찾고 나면 실망할지도 모르고.. 또..

윤지_아뇨. 찾아볼래요. 아마 우습다고 생각하시겠지만, 그 편지를 쓴 사람.. 꼭 만나보고 싶어요. 나랑 통해 있는 것 같은 느낌이 들거든요. 인연의 실 이야기 알아요?

형중_인연이 있는 사람들끼리는 보통 하얀 실로 묶여 있는데.. 그중에 천생연분으로 정해진 내 반쪽이랑은.. 빨간 실로 엮여 있다는 이야기?

윤지_그 사람.. 많이 궁금해요. 어떤 사람일까. 나랑 어떤 인연일까.

형중_알았어요. 대출 기록을 쭉 모아볼까요. 자.. 공통된 사람이 나오긴 했는데 좀 많네요. 괜찮겠어요? 정말.. 해볼래요?

| # | 4 |

주현_이 사람도 아닌 것 같고, 이 사람도 아닌 것 같고.. 이봐, 이윤지! 그렇지만 아직 많이 남았잖아. 맥 빠진 표정 하면 곤란하다구. 다음 선수는 누구지?

| # | 5 |

형중_메리 크리스마스! 하나 둘 셋! 건배!

주현_우울하다. 크리스마스에 이렇게 달랑 셋이 모여서 이게 뭐냐.

형중_김빠진 맥주처럼 둘 다 왜 그래. 건배나 하자구. 메리 크리스마스!

윤지_올해가 다 가도록 못 찾겠지?

주현_탐정 놀이 얘기는 그만 하자. 지겹다. 찾아서 또 뭐하겠냐? 그 사람이 널 좋아할 거라는 보장도 없는데.

윤지_그 사람 편지 읽으면서.. 참 신기했거든. 어떤 날엔 나랑 똑같은 생각을 하는 남자도 있다니.. 신기했구.. 또 어떤 날엔.. ‘아! 이런 생각을 할 수 있다니..’ 놀라웠어. 형중 선배.. 나요.. 혼자 상상도 많이 해봤거든요. 그러다 보면.. 꼭 그 편지가 나를 향해서 쓴 것 같은 느낌이 들기도 했어요. 나 웃기죠?

형중_진짜 그 정도였어?

주현_못 살아. 윤지 표정 좀 봐요. 내일부터는 더 열심히 찾아볼 테니까 얼굴 펴. 올해가 가기 전에 찾아내는 거야! 파이팅!! 자자~!! 메리 크리스마스~!!

| # | 6 |

윤지_ 저 사람이 마지막 후보였는데..

주현_ 다 끝났네! 편지 속의 왕자님은 영영 찾을 수 없는 건가? 이윤지! 얼굴 펴고 이젠 다 잊어라. 우리는 최선을 다했잖아. 달콤한 꿈 한 번 꿨다고 생각하자.

| # | 7 |

(# 새 소리)

윤지_ (공기를 들이마시며) 아~ 참 좋다. 여기 공기는 정말 맑네요. 서울 공기랑은 달라요. 이제야 꿈에서 깨어나는 것 같아요.

형중_ 조금만 더 가면 바다가 보일 거야. 차에 타. 노을이 지기 전에 가야 해.

힘든 길을 돌아.. 이제 막 한 해가 끝나가던 날. 형중과 윤지는 아주 짧은 여행을 떠났습니다. 금강 하구. 철새가 날아드는 곳으로 말입니다.

윤지_ 와.. 철새 떼 좀 봐. 갈대밭도 굉장해요. 사람 키보다 훨씬 크네요. 저 안에 들어가면 나 못 찾겠죠? 진짜 빽빽해.

형중_ 갑자기 소나기가 내릴 땐.. 저 안에 들어가서 비를 피할 수도 있어. 빗방울 떨어지는 소리가 듣기 좋다구.

윤지_ 선배두.. 본 적 있는 거예요.. 소나기 내리는 바다?

형중_혹시 또 그 편지 얘기야? 잊어버릴 거라며. 그냥 신기루 같은 거였
다구 생각하자.

윤지_정말 신기루 같았죠. 어느 날부터 편지가 뚝 그쳐버렸으니까. 이젠
어떤 책을 봐도.. 더 이상 편지가 나오지 않아요. 그 편지.. 대체 누
가.. 누구를 향해서 쓴 걸까요..

형중_잊어버리고.. 저기 좀 봐. 올해의 마지막 노을이야.

노을을 보며 윤지는 다 잊자고 생각했습니다. 그저 허기진 느낌 때문이
었을 거라고. 마음 둘 곳이 필요해서 바보 같은 꿈을 꾸었던 거라고.. 혼
자 쓴웃음을 짓는데.. 어깨 위로 따뜻한 체온이 느껴졌습니다. 형중이 윤
지의 어깨 위로 팔을 둘렀을 때, 윤지는 느낄 수 있었습니다. 형중의 심
장 박동을 따라.. 자신의 가슴 한 구석에서도 따뜻함이 퍼져나가는 것을.
그해의 마지막 태양이, 수평선을 넘어가고 있었습니다.

| # | 8 |

해가 바뀌고 많은 것이 달라졌습니다. 윤지는 더 이상 허기를 느끼지 않
게 되었고, 한 치의 의심도 없이 사랑을 말할 수 있게 되었습니다. 그러
던 어느 날.

윤지_선배.. 선배가 빌려준 이 책 말이에요. 〈밑줄 긋는 남자〉라는 책.. 뭔
가 이상해요. 이 스토리.. 낯익잖아요. 선배, 이게 뭐예요?

책 속의 여주인공은 어느 날.. 도서관에서 책을 빌립니다. 그러다 밑줄 그어진 문장들을 발견하게 되는데.. 그 말들이 꼭 자신에게 하는 말처럼 느껴져서 여주인공은 문제의 '밑줄 그은 남자' 를 찾아나서죠.

윤지_하지만 그녀 곁에 서게 된 건, 의외의 남자더군요. '밑줄 그은 남자' 를 찾도록 도와주던 엉뚱한 남자랑 여주인공이 사랑에 빠지는 얘기.. 낯익어요. 그렇지 않아요? 선배.. 비밀이 뭐예요. 그 편지, 뭐 였어요?

형중_그 책의 내용을 내가 따라했다고 말하고 싶은 거야? 비밀? 그런 게 어딨어? 다 잊기로 해놓고 또다시 그 편지 생각하는 거라면 섭섭한 데? 질투 나려고 한다구!!

(# 천둥소리)

형중_(에코) 묻어두기로 했습니다. 비가 몹시 오던 그날이었다는 것. 매일 도서관을 찾아와, 책 속에 묻혀 있던 그녀를 나는 두고두고 지켜봤 습니다. 언제나 지치고 고단해 보여서 힘이 되어주고 싶었는데 그 날, 그녀가 책상에 엎드려 잠이 든 것입니다. 작은 어깨가 안쓰러워 옷이라도 덮어주고 싶었지만 잠이 깰까 봐 그러지 못하고, 대신.. 비 오는 바닷가 이야기를 썼습니다. 그러곤 잠든 그녀에게 다가가, 몰래.. 책갈피 속에 편지를 끼워놨죠. 그래요.. 그것이 시작이었습 니다. 하지만 그녀에겐 비밀이에요. 사랑에는.. 그 사랑을 신비롭게 지켜줄, 비밀 하나가 필요한 법이니까요. 정말.. 그녀에겐 비밀입니 다. 그녀가 잠든 사이.. 내 안에서 사랑이 눈뜨기 시작했다는 깃.

#051

−잘 지냈니?

어느새 **낯선 얼굴**이 되어 돌아와,

아무렇지도 않게 너는 물었어.

대답 대신 하늘을 올려다봤는데,

어리석은 새 한 마리가

바람을 거슬러 날고 있더라.

−저 새는 잘 지내고 있을까?

숨겨진 내 대답을 너는 들었니?

인사도 없이 네가 떠난 뒤

바람은 끝없이 너에게로 불어갔고,

나는 어리석은 그 새와 같았어.

애써 바람을 거슬러 나를 여기에 묶어뒀지.

바람에 찢겨 상처 입은 날개 위로

차가운 비가 내렸어.

아무렇지도 않아서 더 잔인했던 **너의 인사.**

−잘 지냈니?

팝콘 **핑계**를 댔지.
영화가 시작됐을 때
너,
팝콘 들고 있기가
불편하다면서
의자와 의자 사이
팔걸이를 올렸잖아.

딱 한 뼘쯤
가까워진 것뿐인데
마주 닿은 니 팔에서
심장의 박동이 느껴졌어.

가끔 그날이 생각나면
책상 위에 엎드려
내 팔에 귀를 대봐.
맥박이 느껴지면,
니가 옆에 있는 것 같아.

네 곁에서의 날들.
내겐 살아 있다는 게
매일 매일 참 감동이었는데.

니 사진,
다 버렸다고 생각했는데
오늘 사진 속에서
널 봤어.

2층 창가에서 너를 기다리다
창밖의 풍경 몇 장
무심히 찍어본 것뿐인데
거기 니가 있더라.
수많은 사람 속에서
행복한 표정으로 걷고 있었어.
나에게 오던 중이었겠지?

다 버렸다고 생각했는데
여전히 니가 숨어 있어.
내 방 안 여기저기에,
내 가슴 구석구석에
아직도 니가 이렇게
환하게 웃고 있어.

-내가 뒤에서 꼭 잡고 있을게. 날 믿어.

처음 자전거 타던 날.

니가 뒤에 있다고 생각하니까 한결 마음이 놓여서

난, 마음껏 페달을 밟았지.

그러다 드디어 해냈다고 생각하는 순간!

뒤돌아보니 너는 없더라.

난 넘어졌지.

깨진 내 무릎을 불어주며 니가 그랬잖아.

넘어질 것 같을 땐 더 열심히 페달을 밟으라고,

그럼 넘어지지 않는다고.

니 말을 믿고,

난 흔들릴 때마다 더 열심히 사랑했는데..

문득 사랑이란 길 위에 벽이 나타났어.

힘껏 달리고 있었으므로, 난 멈출 수 없었지.

차갑고 거친 벽에 내리꽂히며, 난 원망했어.

내가 뒤에서 꼭 잡고 있을게. 날 믿어..라고 말하던,

그러나 그날도 오늘도 내 뒤에 없는 너를 조금.

그런 너를 믿어버린 나를 많이.

원망했어.

#055

열이 오르고, 목이 말랐어.
때 아닌 아이스커피 한 잔을 앞에 두고
오지 않는 너를 기다리다 문득 널 이해하게 됐지.

얼음을 보고 있었거든.
서서히 녹아 마침내 사라져버리는 모습.
꼭 나 같더라.
녹아 없어져 버렸던 거야,
네 안에 들어간 나는.
나답기를 포기하고 네가 되려 했으니
알겠어, 네가 사랑했던 나는 이제 세상에 없다는 것.
사랑할 사람을 잃고, 너도 쓸쓸했니?

녹아버린 얼음을 보며 오지 않는 널 용서했다.

이해하는 것이 이해하지 못하는 것보다
더 아팠던, 어느 날 오후.

조금씩 아껴 썼는데 결국 다 써버리고 말았어.

네가 좋아해주던 향수 말이야.

텅 빈 병을 버리지 못하고 한참을 가지고 있었는데

오늘은 그만 버리려고 생각했어.

그런데 그 텅 빈 병엔 향기가 아직 남았더라.

생각했지.. 너에게 마음 주는 일도 이와 비슷했다고.

너무 행복해서 어느 날 덜컥 끝이 와버릴까 봐

항상 두려웠어.

그러나 결국 끝은 오고 말았고,

텅 빈 심장으로 나는 나를 원망했어.

처음부터 사랑하지 않는 것이 나았다고 자책했지만

이젠 아냐..

향수병을 손에 들고 깨달았거든.

텅 빈 심장이 아니라는 것.

네가 남긴 향기가 아직 내 안에 있으니까.

고마워. 나에게 와서 머물러줬던 것..

모든 것에도 불구하고 역시 사랑하길 잘한 것 같아.

벚꽃이 눈처럼 내리고 있었어.

어두운 밤.

까맣던 내 앞의 대지가

핑크빛으로 물들었을 때

하얗고 커다란 날개를 가진 새,

꽃길을 달려, 날아올랐지.

화르륵. 새의 심장에서 불길이 치솟았어.

그리고 거대한 별똥별처럼 순식간에 사라졌지.

나는 다시 어둠 속이었고,

남은 것은 불새의 발자국뿐.

그 즈음, 내 사랑은 불새와 같았어.

지독히 찬란했지만, 순식간에 사라졌지.

허망한 가슴으로 생각해.

그 사랑 또한 꿈이었을까.

하지만 다시 계절이 이만큼 되고,

어느 밤, 벚꽃이 눈처럼 쌓이면,

마술에 걸린 듯 발자국이 나타나.

심장에 불로 새긴 사랑의 기억.

그 봄, 내 안에 사랑이 걸어갔어.

―어떤 별빛은 아주 먼 우주로부터 와.

몇만 년 동안이나 **어두운 우주를 날아**

마침내 우리 눈동자에 닿기도 하지.

밤하늘, 어느 별을 가리키며 너는 말했어.

―그래서 어쩌면 저 별들 말이야..

이미 이 세상에 없는 걸지도 몰라

오래전.. 저 빛이 별을 떠난 뒤,

그 별은 폭발해버렸을지도 모르니까.

별 헤던 밤.

너는 말하고 싶었던 걸까.

니 가슴속에서 사랑, 꺼져가고 있다고 말이야.

내 우주 안에 더 이상 너는 없는데

먼 별과도 같아, 넌.

내 안에서 빛나고 있어.

아직도.

아마도 오랫동안.

오후 내내 우린 **나무 아래서** 폴짝거렸어.

―떨어지는 꽃잎을 잡으면 사랑이 이루어진대.

믿지 못하겠다는 듯 한쪽 눈을 찡긋하던 너.
그래도 꽃잎이 떨어지면 나보다 빨랐지.

하지만 꽃잎은 쉽게 잡혀주지 않았고
살짝 힘이 빠져, 나무 아래 앉았을 때
조용히 내 어깨에 기대 오던 너.

순간, 나무가 몸을 떨었어.
꽃비가 쏟아졌지.
그리고 바람 한줄기.
내 손 위에 머물다 이내 떠났어.
작은 꽃잎 하나 남겨두고서.

―생각보다 작은 어깨네.

잠이 오는 목소리로 니가 말할 때,
난 대답 대신 꽃잎을 꼭 쥐었어.

마술처럼, 그렇게 사랑이 왔어.

빗소리 같았어.

주전자에서 물 끓는 소리가 들릴 때면

난

머그컵을 전자레인지에 넣어서 돌려.

딱 45초.

다 너 때문이야.

깐깐한 버릇이 생겨버렸어.

사실은, 그날을 잊지 않고 있어.

나를 위해 핫초코를 만들며 니가 그랬지.

-컵이 차가우면

핫초코가 빨리 식어버려서 맛없거든.

컵이랑 물이랑 온도를 맞춰야 해.

머그컵을 손에 꼭 쥐며

따뜻한 사람이 되어야지.. 오늘도 생각해.

그날,

니가 만들어줬던 핫초코처럼

따뜻한 너, 내 안에서 오래 따뜻할 수 있게

따뜻한 내가 되어, 널 안을게.

눈사람의 사랑

7

일곱번째 이야기

아직도 가을이면 여정은 그 책을 꺼내어 봅니다. 갈피갈피 끼워져 있는 그 사람의 추억. 여정이 그 사람의 목소리를 처음 들은 것은.. 오래전 그 날.. 밤새 눈이 많이 내렸던 어느 겨울, 이른 아침 캠퍼스에서였습니다. 아무도 밟지 않은 캠퍼스의 눈길 위. 뽀드득 소리를 내며 여정이 걷고 있을 때.

그 남자_ 핑크 레이디~!

처음엔 잘 알아듣지 못했어요.

그 남자_ 핑크 레이디~!

그제야 주변을 둘러본 여정은 뒤돌아보며 말했습니다.

여정_ 저.. 말씀인가요?
그 남자_ 여기 그쪽 말고 누가 있어요. 핑크색 스웨터, 잘 어울리네요? 지갑 떨어뜨렸어요.

남자의 손끝에서 여정의 동전 지갑이 달랑거리고 있었죠. 사방이 온통 하얗던, 어느 눈부신 아침의 이야기였습니다.

주현_ 뭐? 그 남자에게서 비누 냄새가 났어? 신파 소설 같다.

여정_ 형중이 온다! 주현이 너, 비밀 지켜!

주현_ 징그러운 바퀴벌레 한 쌍. 어이~ 형중.. 안녕? 내 친구 여정이의 기사님 노릇은 잘하고 있나? 여정이한테 잘해라. 너, 내가 힘 좀 쓰는 거 알지? 알아서 잘해.

형중_ 당신이나 알아서 잘해. 우리 천사 같은 여정이가 당신만 만나고 오면 성격이 까칠해진단 말이야.

주현_ 주먹이 운다. 울어. 내 주먹에선 눈물이 떨어지고, 형중이 니 몸에선 기름이 떨어지고.. 일생이 느끼한 녀석.

형중_ 내가 느끼한데 니가 도와준 거 있어? 식용유를 한 통 사줘봤어, 버터를 발라줘 봤어?

여정_ 그만! 거기까지! 니들은 만나기만 하면 으르렁대냐? 그만 하구, 영화 보러 가자. 주현아, 같이 가!

형중_ 안 돼! 제발 눈치껏 좀 빠져줘. 오늘은 우리가 서로의 입술 사이즈를 처음 비교해본 지 2년째 되는 날이란 말이야.

주현_ 첫 키스 기념일이시다? 여정아, 형중이 입에서 냄새 안 나디? 버터와 마가린에 식용유를 비벼 먹은 냄새 같은 거?

형중_ 참기름 냄새만 줄줄 날 걸? 우린 깨가 쏟아지도록 행복했거든!

주현_ 계속해서 깨가 쏟아지도록 즐겁게 놀다 오셔! 난 이만 사라져주지. 쳇. 그럼.. 안녕~ 핑. 크. 레. 이. 디~!

형중_ 쟤 풍 맞았냐? 왜 한쪽 눈은 깜빡거리고 그래? 핑크 레이디? 그게 뭐야? 칵테일 이름 아냐?

여정_그런 게 있어~ 빨리 가자, 영화 본다며~!

두 번째로 '그 남자'를 본 것도 눈이 많이 내리던 날이었습니다. 여정은 그날도 도서관 창가 자리에 앉아 있었어요. 언제나 즐겨 찾던 자리였죠.

그 남자_저.. 티슈 몇 장만 빌려줄래요?

여정_아~ 그날 지갑? 그분? 안녕하세요? 그렇지 않아도 고맙다는 말을 못 해서 마음에 걸렸는데.. 근데 제가 여기 있는 건 어떻게 아셨어요?

남자는 여정의 책상을 가리키며 말했습니다.

그 남자_봐요. 온통 핑크잖아요. 100미터 밖에서도 찾을 수 있겠어요. 핑크 레이디~! 그럼 티슈 몇 장만 부탁해요.

톡톡톡.. 그 남자가 티슈를 뽑을 땐 유난히 경쾌한 소리가 났습니다. 남자가 손을 흔들며 사라져버린 뒤에도 톡톡톡.. 하는 소리가 여정의 가슴 속에 울리고 있었죠. 묘한 기다림의 시작이었습니다.

형중_아가씨? 집중 좀 해주시죠? 여정아~! 얘가 진짜~ 어이, 핑크 레이디!! 아니, 왜 그렇게 놀래?

여정_미안. 잠깐 딴 생각을 했네. 무슨 얘기하던 중이었더라?

형중_그러지 마. 니 눈빛이 멀어질 때마다 아찔해지니까.

여정_느끼해! 하던 거나 계속 하자. 수강 시간표 어떻게 짠다구?

형중_봐봐. 일단 우리가 같이 들을 수 있는 수업을 최대한 뽑아봤어. 점심시간 맞추는 건 기본이지. 이렇게 하면 전공 시간만 빼곤 찰싹 붙어 있을 수 있어. 그리고 이건, 공강 시간에 우리가 할 수 있는 일들 쭉 뽑아봤어. 여정아, 우리 재밌게 놀자~!

여정_됐어, 너 혼자 놀아. 난 도서관에서 공부할 거야. 이번 학기엔 장학금 받아야 한단 말이야.

형중_할 수 없다. 그럼 니 옆 자리 내가 찜했다.

여정_난 혼자 공부해야 잘 된단 말이야.

형중_뭐야, 싫어? 이것 봐라~ 혹시 너 도서관에 찍어둔 남자 있냐? 왜 놀래? 알았어, 알았어. 이 오빠가 넓은 아량으로 이해해주마. 대신 장학금 타면 반은 내 거다? 조여정, 너 또 무슨 생각해. 조여정!

창밖으로 그 남자가 걸어가고 있었습니다. 옆에 있는 형중의 목소리가 멀어지고 창밖의 남자가 클로즈업되어 보이는 느낌. 여정은 뭐라 이름할 수 없는 현기증 속에 서 있었습니다.

3월의 캠퍼스. 초록빛 젊음과 달콤한 설렘이 가득한 곳. 여정은 매주 수요일 4교시.. 영문학 강의를 듣게 되어 있었습니다. 수업이 끝나고 강의실 문을 나서는데 같은 과 후배가 쪼르르 달려와 장미꽃 한 송이를 내밉니다.

여정_ 고마워. 근데 웬 꽃이야?

후배는 자기가 주는 꽃이 아니라 했습니다.

여정_ 그럼 누가 주는 건데? 궁금해.. 가르쳐줘. 왜 비밀인데?

후배는 그냥 받아두라고만 했죠. 비밀을 지키기로 했다면서요. 순간, 여정의 머릿속에 떠오른 사람은 그 남자였습니다.

여정_ 정말 그 사람일까?

주현_ 답답하네. 그냥 물어봐. 이거 그쪽이 보낸 거예요? 물어보면 간단하잖아.

여정_ 아니면? 날 얼마나 실없는 사람으로 보겠니?

주현_ 근데 조여정. 너 어쩌려구 그래? 형중이는 오매불망 너만 보고 있는데, 어쩔 거야? 정리할 거 아니면 형중이 마음 안 다치게 잘해라.

여정_ 그냥 봄바람 같은 거겠지. 스쳐가는 감정일 거야. 바람이 불면 나뭇잎이 흔들리는.. 그냥 그 정도의 설렘일 거야.

주현_부디 그 나무 꺾이는 일이 없기를 바란다. 난 사랑이 오래 가는 약
속이어야 한다고 생각해. 근데.. 그 남자 잘생겼냐? 키는 커? 몸매
는 착해?

여정_모르겠어. 몇 번 보지도 못했는걸. 웃을 때 이가 참 하얗고 반듯했
다는 기억뿐이야. 그러고 보니 못 본 지 오래됐네. 대체 어디로 숨
은 걸까.

| # | 6 |

1학기가 다 끝나갈 때까지 매주 수요일마다 후배의 꽃 배달은 계속되었
습니다. 몇 번이나 누가 보내는 거냐고 물어봤지만 여정은 대답을 듣지
못했습니다.

형중_여정아, 여기야! 오늘 점심은 뭘 먹을까? 참.. 그리구 이거 받아.

여정_웬 꽃이야? 꽃다발 진짜 크다.

형중_꽃집 앞을 지나가는데.. 너한테 꽃을 줬던 게 무척 오래된 것 같아
서 모처럼 사봤어. 기억나? 맨 처음 니가 내 자취방에 놀러왔을
때.. 장미꽃 한 송이를 사들고 와서.. 꽃병에 꽂아줬잖아. 그때 니가
했던 그 말을 난 잊을 수가 없어. '내가 너를 사랑하는 동안.. 이 꽃
병의 꽃은 시들지 않을 거야. 시들기 전에 내가 새로운 꽃을 선물할
테니까..' 근데 그 꽃병.. 오래전부터 비어 있어.

여정_정말 그랬네. 미안해. 이번 학기엔 왠지 정신이 없었어. 가자.. 꽃
사줄게.

형중_ 됐어. 괜찮아. 이젠 내가 니 방에 언제나 꽃이 피어 있게 해줄게. 니
가 준 꽃은 여기 (가슴을 치며) 내 가슴속에 피어 있으니 걱정 마. 절대
로 시들지 않을 거야. 왜 그래? 김치 줄까? 조여정.. 또 왜 그래? 또
뭘 봐? 무슨 생각하는데?

문득 생각에 잠겨 눈길이 멀어지는 여정을 보며 형중은 혼자 말했죠.

형중_ 괜찮아. 여정이는 나무 같은 사람이니까.. 늘 여기 내 곁에 있을 거
야. 괜찮아.

| **#** | 7 |

계절은 빠르게 지나갔습니다. 여름방학이 끝나고 다시 가을이 깊어질 때
까지 여정은 언제나 도서관 창가 자리를 지켰지만.. 그 남자는 나타나지
않았습니다.

여정_ (혼잣말로) 이젠 장미꽃 배달도 끝났고, 이렇게 사라져버리는 건가?

주현_ (속삭이며) 조여정, 면회 왔다. 도서관에 뿌리내릴 일 있냐? 산책이나
좀 하자구.

여정_ 아.. 좋다. 벌써 단풍이 다 들었네? 우리 학교 교정은 가을, 겨울이
제일 멋있는 거 같아.

주현_ 눈 내릴 때가 죽음이지. 이제 머지않아 첫눈도 오겠구나. 그치? 핑
크 레이디?

여정_ 그만 놀려. 이제 다 잊었어.

주현_ 잊기는 뭘 잊어. 얼굴에 그늘이 확~ 끼는구만. 그 남자.. 정말 안
나타나려는 건가? 이때쯤 나타나서.. '톡톡톡' 티슈도 좀 뽑아가
주고, 살인 미소 한번 싱긋 날려줘야 우리 공주님이 마법에서 깨어
나질 못할 텐데.. 안 그래, 핑크 레이디? 하긴 형중이 눈치 챈 것 같
던데.. 착한 그 앨 봐서도 이제 그만 흔들려야지.

여정_ 다 끝난 얘기야. 이제 그만 하자. 나 공부 더 해야 돼. 이따 봐.

그리고 도서관 창가 자리로 돌아왔을 때였습니다. 영시집을 펼쳤는데..

여정_ 아.. 이건?

책갈피마다 노란 은행잎이 끼여 있었습니다. 아직 김이 모락모락 나는
커피 한 잔도 옆에 놓여 있었죠.

여정_ 그 사람일까?

급히 주변을 둘러봤지만 그 남자는 눈에 띄지 않았습니다. 서둘러 도서
관 밖으로 뛰어나가 봤지만, 역시 그는 보이지 않았습니다. 도서관 1층
부터 4층까지 아무리 뒤져도 찾을 수 없었습니다.

여정_ 대체 왜 나타나지 않는 거지? 한 번쯤 이야기를 나누고 싶은데.. 대
체 왜 자꾸 숨어버리는 거냐구, 왜.

여정은 진심으로 바랐습니다. 대화를 나누고, 차를 마시고, 산책을 하고, 계절이 바뀌는 창밖의 풍경을 감상하며 딱 하루만 함께일 수 있다면 하고요. 하지만 남자는 나타나지 않았습니다. 그리고 다시 꽃 배달이 시작됐어요. 여전히 수요일 4교시가 끝날 때면 그녀의 손에 장미꽃이 쥐어졌습니다.

형중_ 나도 꽃 사왔는데 늘 선수를 뺏기는구나. 니가 좋아하는 핑크색 장미 고르려고 꽃집을 다섯 군데나 돌았는데..

여정_ 어.. 눈이다.

형중_ 뭐야. 진짜 눈 오네? 첫눈이잖아. 하느님 감사합니다. 여정이랑 같이 있을 때 첫눈을 내려주시다니 하느님 복 받으실 거예요. 가자! 여정이 넌 이런 날엔 꼭 2층 찻집에 가서 핫초코 마셔줘야 하잖아!

그러지 않으려고 했지만.. 2층 창가에 앉아서 눈 내리는 풍경을 보며 여정은 생각했습니다.

여정_ (에코) 그 사람은 지금 뭘 할까? 어디에 있을까? 누구랑 있을까? 꼭 숨바꼭질하는 기분이야. 대체 어디 있는 거지?

형중_ 여정아, 코코아 식겠다. 어서 마셔. 설탕 더 넣어줄까?

여정_ (에코) 안 돼. 이러면 안 되는데.. 정말 안 되는데..

시작부터 눈이 많았던 겨울이었습니다. 종강을 하던 날도 눈은 몹시 내렸습니다. 매번 장미꽃을 건네던 후배가 이번엔 빈손으로 찾아와 말했습니다. 정문 앞에서 누군가 여정을 기다리고 있다고 말입니다.

여정_그 사람이겠지? 그 사람일 거야. 하지만..

형중_(에코) 이젠 내가 니 방에 언제나 꽃이 피어 있게 해줄게. 난 괜찮아. 정말 괜찮아.

여정_형중이는 어쩌구.. 안 돼. 나가면 안 돼. 하지만 단 한 번만.. 단 한 번만.. 아냐.. 안 돼. 그러면 안 돼.

고민 속에서 적지 않은 시간을 흘려보낸 뒤, 여정은..

여정_이대로 놓치면 후회할 것 같아. 평생 후회할지도 몰라.

결정을 내린 여정은 교문을 향해 뛰었습니다. 눈발이 굵어지고 있었습니다. 마침내 교문에 도착했을 때.. 철문 사이로 장미 꽃다발이 보였습니다. 오랜 시간 눈을 맞았는지 꽃다발 위에 하얀 눈이 쌓여 있었죠. 그 꽃을 보는 순간..

형중_(에코) 니가 준 꽃은 여기, 김형중의 가슴속에 피어 있으니까 걱정 마. 절대로 시들지 않을 거야.

형중의 웃는 얼굴이 떠올라 여정은 발걸음을 멈추고 말았습니다.

며칠 뒤 후배는 여정을 찾아와 꽃다발과 편지 한 장을 내밀었는데 이런
내용이었습니다.

그 남자_(에코) 당신을 바라보는 동안.. 나는 태양을 사랑하는 눈사람이 된
것 같았습니다. 당신은 태양처럼 눈부시고, 따뜻한 사람이었어요.
다가가 손잡고 싶었지만 그건 가질 수 없는 행복이었죠. 태양과 손
을 잡으면 녹아 사라져버리는 것, 그게 눈사람의 운명이니까요. 난
좀 아파요. 몸이 아프다 보니, 얼음 인간이 되어버렸다는 말.. 변명
처럼 들릴까요? 오늘 난 치료차 먼 나라로 떠납니다. 가기 전에 고
맙다는 말 전하고 싶었어요. 다가갈 수 없어서 마음 아팠지만 그래
도 당신을 알게 돼서 행복했어요. 만나지 못했다면, 아직까지도 내
가슴속은 얼음으로 가득 차 있었겠죠. 내 앞에 나타나줬던 것 고마
워요.

눈이 많던 겨울이 끝나고 다시 계절이 돌고 돌아, 은행잎이 노랗게 물들
었을 때쯤.. 여정은 가슴속에 묻어뒀던 이야기를 꺼냈습니다. 담담하지
만 조금은 쓸쓸한 목소리였죠.

여정_마침표를 찍지 못했기 때문일까. 아직도 가끔 내 가슴엔 바람이 불

어. 바람 속에선 비누 냄새가 나. 이름도 알지 못하는 그 사람의 향기.

어. 바람 속에선 비누 냄새가 나. 이름도 알지 못하는 그 사람의 향기.

오후 3시. 봄의 창가.
햇빛에 눈이 부셔, 난 눈을 감았지.
그리고 꿈이 시작되었지.

은빛으로 반짝이는 강가에
우리는 차를 세웠어.
포근한 햇살 속에
우린 금방 나른해졌지.
넌 유리창에 기대 잠이 들었고,
난 너를 몰래 훔쳐봤어.

너의 긴 속눈썹 위에서
봄 햇살이 "행복해"라고 속삭일 때.

니가 내 이름을 불렀지.
이 꿈이 끝나지 않았으면 좋겠다 생각했는데,
가늘게 눈을 뜨고,
햇살 속에 서 있는 너를 봤을 때
알았어.
이제 눈을 뜨고도 꿈을 볼 수 있다는 것.
사랑으로, 니가, 나에게 왔으니까.

봄의 들판에 다녀왔어.

금빛 햇살 속에 누워,

눈을 감고 내게 말했지.

봄의 태양.

지금 이만큼의 거리가 좋겠어.

손잡지 않아도 따뜻한 거리.

내 안의 뜨거운 열정이

너를 태워버리지 않도록,

봄의 태양.

지금 이만큼의 거리에 있자.. 했지.

겨우 욕심을 다독이고 눈을 떴을 때,

그러나 내 마음은 이미 네 곁에 있었어.

혼자 보기엔, 햇살이 너무 아름다웠거든.

이젠 내 머리도

내 마음을 잡아둘 수 없어.

멈춰야 할 이유보다 훨씬 더 많으니까.

지금 당장, 너에게 달려가야 할 이유.. 말이야.

내 귀에,

이어폰의 나머지 한쪽을 끼워주며
넌 말했어.

ㅡ두 개의 귀로 다 들어야
완전한 소리를 들을 수 있어.

왼쪽, 오른쪽으로 흘러든 소리가
뇌의 어디쯤에서 만나 하나가 될 때,
비로소 완전한 소리가 되는 거라고
니가 그랬지.

난.. 그냥
'완전한 소리' 같은 건
필요 없었는데..

너랑 이어폰을 한쪽씩 나눠 끼면,
음악이 시작되기 전부터 이미
세상에서 가장 완벽한 소리가 들려왔으니까.
건강하게 뛰고 있는,
네 심장의 소리 말이야.

다르다고 느꼈어.

갑자기 소나기 내리던 날

우산을 들고 너를 찾아갔을 때.

교문 앞에 한참을 서 있어도

넌 나오지 않았지만,

난.. 전화도 하지 않았고

불안해하지도 않았어.

인연을 시험한 것도 아니었지.

그냥.. 우연인 것처럼 만나면 더 반가울 것 같아서

가만히 널 기다리는데.. 다르구나.. 느껴졌어.

언제나 내게 '불안한 무엇' 이던 기다림이

오히려 즐거웠거든.

여기서가 아니라도 결국 만나게 될 것을 아니까,

오늘이 아니라도 우린, 결국 만나게 될 것을 알았으니까.

매일 조금씩 니가 내게로 오고 있음을 믿게 된 날부터

더 이상 불안한 무엇이 아니었어. 기다림이,

행복해졌어.

허브 화분을 샀어.

넌 놀려댔지.
한 번도 제대로 키워본 적 없으면서
뭐 하러 또 샀냐구 말이야.

처음 허브 화분을 샀을 땐 물을 너무 많이 줬어.
뿌리가 썩어버리고 말았지.
다음엔 일부러 물을 적게 줬더니 결국 말라죽었지 뭐야.

내 사랑도 그랬다.
마음을 너무 많이 주거나, 혹은 너무 적게 줬거든.
때로는 숨이 막혀서, 때로는 목이 말라서
사랑은 날 떠나고 말았어.

비밀인데.. 사실은 이 화분.. 연습용이야.
잘 크면 그땐 이걸 너에게 줄게.
사랑할 준비가 다 되었다는 뜻으로 말이야.

어느새 머리가 다시 자라

구불거리기 시작한다.

지겨운 곱슬머리.. 애써 펴두었는데..

하지만 타고난 것에선 도망칠 수 없는 법이니까..

구불거리는 머리카락처럼

평생 떼어낼 수 없겠구나..

거울 앞에서 체념을 배운다.

애초에

널 사랑할 수밖에 없는 가슴으로 태어났으니까..

잘라낼 수도 없겠지.

끝났다고 생각하는 순간

또, 무성히 자라나.

너를 향한,

선천성 그리움.

#067

보고 있는 줄 몰랐어.
유치하다고 할까 봐, 선물 가게에 갈 때면
너 몰래 지켜만 봤던 건데

ㅡ선물이야. 갖고 싶었던 거 맞지?

그건 편지를 봉인하는 '밀랍' 이었어.

ㅡ촛농처럼 녹여서 봉투에 떨어뜨린 다음
이 도장으로 꾹 누르면 편지는 봉인되는 거야.
아무도 몰래 훔쳐볼 수 없대.

진지한 니 모습에 웃음이 났어.

첫 번째 편지는, 너에게 썼어.
꼭 하고 싶은 말이 있었는데
꺼내면 향기가 날아가 버릴 것 같아서
두고두고 망설였거든.

너 아닌 누구도 봉인을 풀 수 없어.
오직 세 글자만 적힌, 내 첫 번째 편지.

사랑해.

햇살이 좋던 오후.
한강을 따라, 좀 걸었어.
또각또각, 나를 따라오는
내 발자국 소리.
문득 걸음을 멈춰보니
인적이 드문 그곳, 적막뿐이더라.
가만히 서서 한강을 바라봤는데..

왜 몰랐을까.
깊은 강은, 소리 없이 흐른다는 것.

사랑한다면
보여주고, 들려주고, 말해달라며
너의 묵묵함을 탓해왔는데,
그러나 오늘 나는 보았어.

언제나 거기서 흐르는 강.
깊고 깊어서
오히려 소리 없이 흐르는
네 안의 강물.
사랑.

드라마 속 어머니는
집 나간 아들을 기다리며
매일 밤, 현관문을 잠그지 않았지.
아주 작은 소리에도 잠이 깨
한참을 어둠 속에
혼자 앉아 있곤 했어.

그 마음을 이해할 수 있는 날,
설마 내게도 올까 했는데

마음을 열어두고, 잠그지 못하고 있어.
문득 니가 돌아올까 봐,
잠긴 문 앞에서 다시 돌아서 버릴까 봐,
차마 닫지 못한 내 마음.

그 열린 틈으로
오늘은 차가운 바람만 불어드는데

그런 날이 올까.
열린 문을 밀고,
사랑이 내 안으로 걸어 들어오는 날.
정말. 다시.
그런 날이 올 수 있을까.

작은 간이역에

나는 서 있었어.

단 한 번도
기차는 머물지 않았지만,
난 움직일 수 없었어.
어느 날, 니가 내게로 와서
머물다 갈 것을 믿었으니까.

하지만 너보다 먼저
겨울비가 왔어.
시린 비를 나는 피할 수 없었지.
이미, 뿌리박혀 있었거든.

어느 날 니가 오면, 나를 알아볼 수 있을까.
한 자리에 오래 머물러,
이미 나무가 되어버린 나를.

발밑에서
그리움의 뿌리가 깊어지고 있어.

우리가
정말
사랑했을까?

여덟번째이야기
8

혜진_ 사랑은 집을 짓는 일이라고 생각했습니다. 열심히 땅을 고르고, 기둥을 튼튼히 세우고, 벽돌을 하나하나 꼼꼼히 올려서, 좋은 집을 짓고 싶었어요. 바람이 불어도 흔들리지 않고, 비가 와도 물이 새지 않는 튼튼한 집. 문을 열고 들어가면.. "아, 마침내 내 집에 돌아왔구나." 마음이 탁 놓이는 좋은 집을 짓고 싶었어요. 만약 내게도 사랑이 온다면 말예요.

주현과 혜진은.. 참 많이 닮아 있는 자매였습니다. 쌍둥이는 아니지만.. 간혹 사람들은 혜진을 주현으로, 주현을 혜진으로 착각하곤 했죠. 그러나 성격만은 전혀 달랐습니다.

혜진_ 언니가 사수자리였지? 진취적이다, 행동하는 별자리, 화려하다.. 맞는 것 같다. 나는 물고기자리니까 사랑에 목숨을 건다??!!

주현_ 니가 사랑에 목숨을 걸어? 참도 그러겠다. 원래 사랑이라는 게.. 막 시작될 무렵이 제일 아슬아슬하거든? 넌 시작되기도 전에 무섭다고 숨어버릴걸? 하긴.. 너 같은 애들이 한번 불붙으면 홀랑 다 타버릴지도 모르지.

(# 휴대전화 벨 소리)

혜진_ 언니~ 또 그 오빠다. 벌써 열 번째야. 전화 좀 받아.

주현_ 찐드기! 니가 받아서 전화번호 바뀌었다고 그래. 들어오기 전에 전화할 테니까 식구들 안 깨게 현관문 열어놓고.

혜진_ 또 늦어? 그새 또 누가 생긴 거야? 누군데?? 못 말려 진짜. 언닌 사
랑 중독이야..

주현_ 너처럼 컴퓨터게임에 중독되는 것보단 낫지! 갔다올게.

혜진_ 일찍 들어와!

어.. 근데 모니터에 저게 뭐야? 언니.. 메신저 켜놓고 갔구나. 메일
인데.. 보낸 사람이 김형중? 김.. 형.. 중? 그 김형중??

형중_ (에코) 나 기억하니? 중학교 3학년 때 같은 반이었던 김형중이야. 진
작부터 널 찾고 싶었는데, 사정이 좀 있었어. 그동안 어딜 좀 가 있
었거든. 아주 먼 땅에서도 널 많이 생각했어. 잘 지냈니? 난 니 생
각 참 많이 했는데.. 보고 싶다. 연락 줄래?

혜진_ 그 사람이야. 김형중.. 드디어.... 그 사람이야.

| # | 2 |

(# 자전거 경적 소리)

형중_ 1학년 2반 한혜진! 여기서 뭐해? 주현이 기다리니? 주현이 아까 다
른 친구들이랑 떡볶이 먹으러 가던데?

혜진_ 나한텐 그런 말 안 했는데..

형중_ 또 언니한테 바람맞았구나? 내가 본 것만 해도 벌써 세 번짼데? 1학
년 수업은 아까 끝났을 텐데, 여기 한참 있었겠다? 다리 안 아파?
뒤에 타.. 내가 집까지 데려다 줄게.

혜진_아니에요. 걸어갈게요. 진짜 괜찮아요. 사실은.. 자전거가 좀 무서워서..

형중_괜찮아. 타봐. 얼른! 살살 달릴게. 진짜 괜찮다니까. 자, 그럼 꽉 잡아. 달린다!

그날, 얼굴을 스쳐가던 바람이.. 10년의 시간을 건너.. 혜진의 가슴속으로 불어왔습니다.

혜진_잘 지낼까? 형중 오빠, 어떻게 변했을까? 내가 언니 대신 오빠 편지에 답장 썼던 거.. 알고 있을까?

(# 자전거 경적 소리)

형중_1학년 2반 한혜진! 거기서 뭐해? 오늘도 언니 기다려? 주현이 오늘은 친구들이랑 야구 경기 보러 간댔는데.. 또 바람맞았구나. 타! 내가 집까지 데려다 줄게. 근데 너 원래 그렇게 말이 없니? 언니랑 영 딴판이네?

혜진_언니는 어떤데요?

형중_완전 왈가닥이지, 뭐. 너 우유 급식통 알지? 초록색 플라스틱 박스 있잖아. 그걸 타고 봅슬레이를 한다나? 복도에다 왁스 발라놔서 오가는 선생님들 다 넘어지게 하고 난리도 아냐.. 집에서도 그러니? 집에선 어때?

혜진_오빠.. 우리 언니 좋아해요? 언니 얘기할 때면 자꾸 웃잖아요.

형중_내가 그랬나? 저기.. 혜진아, 이거.. 주현이한테 전해줄래?

182

형중이 건넨 것은 책이었습니다. 책갈피에 편지 한 통이 끼여 있었죠. 봉투가 굳게 봉해진 편지였지만, 혜진은 그걸 뜯어보기로 했습니다.

형중_ (에코) 어젯밤 꿈에 주현이 널 봤어. 같이 푸른 잔디밭을 뛰어다녔는데.. 갑자기 소나기가 내리는 거야. 잔디밭 한쪽에 작은 정자가 있어서 그 밑에 앉아 비를 피하며 참 많은 이야기를 나눴는데.. 꿈에서 깨서 생각했지. 언젠가 정말 그런 날이 오면 좋겠다고. 이번 일요일에 나랑 소풍 가지 않을래? 하고 싶은 이야기가 아주 많거든.

편지를 다 읽은 뒤.. 혜진은 편지를 다시 봉투 안에 넣어 봉했습니다. 그러곤 다시 책갈피 안에 끼워 넣었다가.. 이내 빼버렸죠. 다시 끼워 넣었다가, 또 빼버렸다가.. 하고 있는데.. 주현이 들어왔습니다. 순간, 혜진은 자신도 모르게 짜증이 나서 언니에게 형중의 편지를 던지곤 나가버렸어요.

| **#** | 3 |

혜진_ 언니는 형중 오빠를 친구 이상으론 절대 생각하지 않았지. 나에겐 처음으로 마음을 흔든 사람이었는데..

혜진은 한참을 멍하니 컴퓨터 앞에 앉아 있었습니다. 그리고.. 클릭! 답장 쓰기!

혜진_ 반가워. 나도 형중이 니 생각 많이 했는데.. 우리, 한번 보자. 이번

일요일 어때? 전화번호 적어 보낸다. 연락해줘.

'전송'을 누르는 순간, 후회는 시작됐습니다.

혜진_ 한혜진, 대체 무슨 생각인 거야. 주현 언니인 척 메일을 보내다니..
내가 정말 왜 그랬지? 미쳤나 봐.

바로 그때! 혜진의 전화로 문자 메시지가 날아들었습니다.

형중_ (에코) 답장 줘서 고마워. 일요일 오후 4시. 우리 중학교 교문 앞에서
만나자.

| **#** | 4 |

약속한 일요일이 되었습니다. 일찌감치 약속 장소에 도착한 혜진은, 건
너편 찻집 창가에 앉아 교문을 바라보고 있었어요. 그리고 마침내 오후
4시 5분 전 한 남자가 교문 앞에 나타났습니다.

혜진_ 형중 오빠, 멋진 어른이 됐네. 내가 정말 언니라면 얼마나 좋을까.
웃으면서 나타나.. 반갑다고 말할 수 있다면..

하지만 혜진은 그의 앞에 나서지 못했습니다.

(# 문자 메시지 오는 소리)

형중_(에코) 길이 많이 막히니? 어서 와. 춥다. 건너편에 찻집이 있네. 거기
　　가 있을게.

혜진_뭐? 여기로 온다고? 안 돼! 빨리 나가자! 앗! 이런!

(# 카페 문 열리며 나는 종소리)

　　형중이 문을 열고 카페에 들어서더니 성큼성큼 걸어와서 혜진의 옆 테이

블에 앉았습니다.

혜진_(혼잣말로) 어쩌지? 지금 일어나면 쳐다볼 텐데..

(# 휴대전화 진동 소리)

혜진_(역시 혼잣말로) 뭐야? 지금 나한테 전화하는 거야? 일단 끊고.. 아! 커
　　피 온다. 슬쩍 타이밍 맞춰 나가야지.

(# 다시 휴대전화 진동 소리)

혜진_(계속 혼잣말로) 또야! 못 살아.. 진짜..

형중_어.. 두 번이나? 이상하다? 저기, 혹시.. 그쪽이.. 주현이?

(# 접시 깨지는 소리)

혜진_ 앗! 뜨거! (당황하면서) 예.. 마, 맞아요. 주현이.. 주현이.... 아, 뜨거.

형중_ 괜찮아? 안 데었어? 근데.. 왜 여기 있어? 우리 교문 앞에서 만나기
로 한 거 아니었나?

| # | 5 |

거짓말 같은 시간이 흘러, 계절이 한 번 바뀌었습니다.

형중_ 공주님이 이사를 다 도와주고.. 진짜 영광인데?

혜진_ 너 혼자 하라고 맡겨두면.. 엉망진창으로 해놓을 거 아냐. 어디부터
할까? 침실? 작업실?

형중_ 창고 정리나 좀 해줘. 먼지 많을 거다. 박박 좀 닦아.

혜진_ (콜록거리며) 진짜 먼지투성이네. 근데 여기 왜 이렇게 어두워. 어, 방
금 구석에서 뭐가 반짝했는데.. 뭐지? 손전등 좀 줘봐. 이건.. 반지?

형중_ 찾았으니까 선물이야. 오늘 우리 만난 지 100일 되는 날이잖아. 반
지.. 끼워줘도 돼? 우리 엄마가 사랑하는 여자 생기면 끼워주라고
주신 건데..

혜진_ 어머니가? 니네 어머니는 너 낳다가 돌아가셨다며..

형중_ (살짝 당황하면서) 어.. 유품으로 남기시면서, 유언을 그렇게 하셨대. 이
반지.. 받아줄래? 곁에 있어줘서 고마워.. 외국 생활이 너무 길어
서.. 너 없었으면 한국에서 정말 많이 헤맸을 거야. 사랑해, 주현
아.. 10년 전부터 이 말이 하고 싶었어.

혜진_ 고, 고마워.. 바, 반지가 딱 맞네.. 이뻐? (갑자기 생각난 듯이) 저기, 우리

내일 소풍 갈까? 예전에 니가 편지에 썼잖아. 꿈에 나랑 푸른 잔디
밭 위를 뛰어다녔다구.. 그거 해보자. 내가 김밥 싸올게.

형중_ 그, 그, 그럴까? 소풍, 어디로 갈까?

혜진_ 현대미술관 앞 어때? 근데.. 내일도 소나기가 오려나? 꿈 얘기 좀
구체적으로 해봐라, 응?

형중_ 꿈? 아.. 그게.. 다 지나간 이야기는 뭐 하러.. 청소나 빨리 하자. 더
늦으면 나 오늘 잘 데도 없어. 너 옛날부터 힘셌잖아. 난 주현이 니
가 씩씩해서 진짜 좋았어. 박박 닦어!

혜진_ (혼잣말로) 그랬지. 오빤 언니의 밝은 미소를 참 좋아했어. 그래서.. 나
두 이렇게 애써 밝은 척하고 있는데.. 좀 힘들어.. 오빠가 나를 언니
이름으로 부를 때마다 심장이 모래를 먹은 것처럼 서걱거리거든.
그 다정한 목소리로.. "혜진아~" 하고 내 이름 불러줄 날도 올까?
정말 그럴 수 있을까?

| # | 6 |

(#소나기 소리)

형중_ 정말 비가 와버렸어. 도시락은 어디서 먹지?

혜진_ 마룻바닥! 학교 마룻바닥! 기억 안 나? 중학교 때 소풍날인데 비가
와서.. 교실 마룻바닥에다 신문지 펴놓고 도시락 까먹었잖아. 우리
가볼래?

두 사람은 빗길을 달렸습니다. 10년 전.. 함께 걷던 길을 지날 때.. 가슴 속의 비밀이 또다시 서걱거렸지만.. 혜진은 애써 씩씩한 척했죠.

혜진_어라! 학교 담벼락에 개구멍은 여전하네? 이 복도도 그대로야.

형중_만날 여기서 봅슬레이 한다고 우유통 타고 다녔었지..

혜진_그러게, 왁스를 하도 발라놔서 선생님들도 막 넘어졌지. 저기다! 우리 교실!!

형중_저기, 우리가 나란히 앉아 있었던 거지? 그때도 지금처럼 니가 날 좋아해줬음 어땠을까? 그랬음.. 지금 우린 어떻게 변해 있었을까?

혜진_앗! 이런.. 교실 문이 잠겼네? 비 오는 날 도시락은 마룻바닥에서 신문지 펼쳐놓고 먹는 게 딱인데~!

형중_주현이 너~ 제대로 실망한 포즌데? 마룻바닥? 또 하나 있잖아. 우리 집~! 가자!!

형중의 집..

커다란 창밖으로.. 빗방울이 쉼 없이 떨어지고 있었습니다.

형중_김밥 정말 맛있었어. 이런 게 학교 소풍이란 거구나. 기분 좋고, 분위기 좋고.. 음악도 좋고.. 사랑하는 사람도 옆에 있고.. 근데, 두 가지가 빠졌네. 촛불이랑 와인.. 금방 가서 와인 사올게. 기다려.

혜진이 혼자 남아.. 촛불 몇 개를 밝히고 있을 때였습니다.

(# 집 전화벨 몇 번 울리고)

형중_(응답기 모드) 지금은 집에 없습니다. 메시지를 남겨주세요. 삐~!

형중의 엄마_마미다. 넌 어떻게 된 애가 전화 한 통이 없니? 서울 생활이 재밌나 보지? 난생처음 가본 서울이니 신기하기도 하고, 재밌기도 하겠다만! 가끔 바다 건너에 있는 엄마, 아빠 생각도 좀 하렴! 며칠 있으면 니 생일이라서 엄만 요즘 니가 더 보고 싶단다. 엄마는 죽을 고비 넘겨가며 널 낳았는데, 넌 전화 한 통 못 해주니? 무심한 녀석, 전화 줘. 사랑한다, 내 아들!

혜진_무슨 소리지? 난생처음 가본 서울? 죽을 고비를 넘기며 낳았다구? 오빠네 엄마는 오빠를 낳다가 돌아가셨다고 했는데..

형중_나 왔어. 와인 따개가 어딨더라..

혜진_전화 왔었어. 미국에 있는 어머니한테서.

형중_또 잔소리를 얼마나 하셨으려나?

혜진_전화 좀 하래. '난생처음 가본' 서울 생활이 재밌냐구. '죽을 고비 넘겨가며 낳아준' 엄마에게 전화 좀 하래.

형중_주현아.. 그게 사실은.. 그게.. 사실은 그게..

혜진_됐어. 듣기 싫어. 우린 왜 이 모양이지? 사실은 나두.. 주현 언니가 아니야. 난.. 혜진이야. 동생 혜진이라구!! 10년 전부터 형중 오빠가 생각날 때면 언제나 주현 언니가 되고 싶었지만, 그래도 난 혜진이야. 근데 당신은 누구야? 내가 사랑했던 형중 오빠가 아니라면, 도대체 당신은 누구야?

(# 천둥소리)

계절이 한 번 바뀐 뒤에야.. 그들은 다시 만났습니다.

형중_이제야 전화 주다니, 너 정말 모질다. 잘 지냈어?

혜진_오빠는? 미국엔 다녀왔어? 형중 오빠 만났구? 우리 얘기도 했어?

형중_어. 만났어. 건강은 아직도 별론데, 성격은 여전히 밝더라. 그런 것
도 인연이라고 놀리던데? 혜진이 너, 좋은 애라고 하더라.

혜진_형중 오빠가 날 기억해?

형중_당연하지. 넌 형중이의 첫사랑이었는걸.

혜진_첫사랑은 주현 언니였지.

형중_가끔 헷갈렸대. 자기가 진짜로 좋아하는 게 주현인지, 너인지.. 헷
갈릴 만큼 너를 보면 자꾸 가슴이 뛰었대. 두 사람을 동시에 좋아하
는 것도 사랑일 수 있다면.. 너 또한.. 자기 첫사랑이었다고 하더라.
녀석.. 첫사랑이 그렇게 그리우면 빨리 건강해져서 지가 직접 주현
이 보러 오지.. 자기 아픈 거 비밀로 해달라고 해서, 본의 아니게 거
짓말하게 됐어. 일이 이렇게 꼬여버릴 줄 알았으면.. 처음부터 사실
대로 말할걸. 미안해.

혜진_사실대로 말했다면.. 어떻게 됐을까? 내가 오빠를 사랑했을까? 오
빠는.. 나를 사랑했을까? 계절이 하나 다 지났지만.. 난 아직도 혼
란스러워. 난 말이야.. 예전부터 내가.. 단 한 사람밖에 사랑하지 못
하는.. 멍텅구리 심장을 가졌다고 생각했거든. 근데.. 지금 내 심장
안엔.. 두 사람이 들어 있는데.. 어느 게 진짜인지 모르겠어. 내가
정말로 좋아했던 건.. 형중 오빠와의 추억일까? 아니면.. 여기 내

앞에 있는 오빠일까? 형중 오빠와의 추억이 없었다면.. 내가 오빨 사랑할 수 있었을까?

형중_ 혼란스럽긴 나도 마찬가지야. 하지만 혜진아, 지난 100일 동안의 사랑은.. 분명 너랑 나랑 둘이서 만들어온 거잖아. 내가 주현이라는 환상이 아니라, 현실 속의 혜진이를 사랑하듯.. 너도 그래주면 안 될까? 단순하게 생각하면, 오히려 답이 더 쉽게 나올지도 몰라.

혜진_ 아냐.. 간단하지 않아. 난 있잖아. 사랑이.. 집을 짓는 것과 같다고 생각했거든. 단단한 땅 위에.. 벽돌 하나라도 정직하게 올려야 한다고 생각했는데 우리 사랑은.. 거짓 위에 지어졌잖아. 햇빛 좋은 날엔 모르겠지만.. 비가 오면 물이 새고, 바람이 불면 흔들릴 것 같은데.. 그 집 안에서 우리가.. 행복할 수 있을까? 두고두고 사랑할 수 있을까?

넌 이따금 **걸음을 멈추고**
뒤돌아 나를 찾았어.
그러곤 유난히 걸음이 느린 나를,
웃으며 기다려줬지.

하지만 오늘은 아니었어.
뒤도 한 번 안 돌아보고
모퉁이를 돌아서 버린 너를..
나는 다시 찾을 수 없었지.

거짓말처럼 니가 사라져버린 거리에서 난 깨달았어.
사랑의 속도 차이..

나에겐 이제야 사랑인데
이미 오래전..
너에게 왔다가
너를 통과하여
멀어져버린 사랑..

이번에도 **또 한발 늦었어.**

이사를 했어.
집을 비우듯 **기억도 비우려고** 결심했던 일.
그러나 괜한 노력이었을까.

니 추억.. 다 버렸다고 생각했는데
여행지에서 니가 보내왔던 엽서,
니가 선물해줬던 귀걸이 한쪽이
책상 서랍, 침대 아래..
생각지도 못한 곳에서 고개를 내밀 때
애써 묶어둔 마음은 자꾸 풀어졌어.

아니.. 다 끝이야.
스스로에게 확인하듯
일부러 쾅 소리가 나도록 문을 세게 닫는데
문득 가슴을 치는 질문 하나.

니가 돌아와서 문을 두드리면 어떡하지?

몸은 떠났는데
텅 빈 방에서 내 마음은 아직도 널 기다리고 있어.

이렇게 무거운 걸
혼자 들고 다닌 거냐고
처음 내 가방을 들어주던 날,
넌 웃었어.

무거운 가방엔 익숙하지만
버리는 일에는 익숙하지 않다고,
난 고갤 숙였지.

그날 이후,
니 어깨엔 언제나 내 가방이 걸려 있었고,
빨개진 어깨로 넌 가끔 투덜댔어.

― 조금쯤은 버리고 살아.
나 없으면 어떡할 거야.

너 없으니까, 한 발 한 발이 무거워.

여전히 버리는 일에 익숙하지 못한 나는
어깨 위에 걸린 너의 기억.
그 하나도, 함부로 버리지 못해
너에게서 **멀어지는 한 발 한 발이**
내겐, 너무, 무거워.

샤워를 하다가

오늘도 **차오르는 슬픔**을 봤어.

내 머리카락이

내 몸을 빠져나가,

물의 길을 막았거든.

매일 이 모양이야.

열심히 걷어내도

내게서 빠져나온 너의 기억으로,

내 가슴엔 슬픔이 차올라.

매일 소원하지.

머리카락을 걷어내며

너의 기억 또한

걷히길..

더 슬픈 건,

또다시 자라나는 머리카락.

매일 나를 떠나고, 매일 또다시 자라나.

내 머릿속, 너의 기억.

너랑 함께 걷던 그 길.

머리 위엔 조각달이 떠 있었지.

—예쁘다. 담아두고 싶어.

카메라를 꺼내 들었지만,
사진 속의 달은 자꾸 흔들렸지.

—춥다, 그만 가자. 달은 다시 뜰 거야.

너는 내 팔을 끌었지만
기어이, 기어이, 내가 고집을 부렸던 이유..
스러져가는 그 달이
남아 있는 우리 인연 같았거든.

사진 속에서라도 멈춰 있으라고, 사라지지 말라고
끝없이 셔터를 눌러봤지만
오늘도 하늘에선 달이 기울고
내 안의 너도 작아지고 있어.

어느새 벌써, 기억이 안 나.
너의 얼굴.

바다 건너 **먼 곳의 친구에게** 전화를 걸어 말했어.

—나, 아직도 그 사람을 사랑하는 것 같아..

나 아닌 아무도 모르는 비밀.
그래도 지구 위의 누군가는 알아줬으면 싶어서.

너.. 아침밥은 잘 먹고 다니는지,
여전히 뭔가 배우기를 좋아하는지
너무 오래 다가가지 못해
아무것도 알지 못하는 주제에
그러나, 아직도 너를 사랑하는 나는

전화를 끊고, 혼자 울었어.
아무도 없는 집에서 수돗물을 틀어놓고.
아직도 널 사랑하는 내 눈물,
나 자신에게조차 들키고 싶지 않았거든.

이렇게 나는, 나에게 거짓말을 해.
니가 내 우주에서 사라진 그날부터
매일 매일.

비행기가 떠오르던 순간에 생각했어.

다시는 날 찾지 못하게

그 먼 땅에다 너를 두고 오겠다고.

발밑 구름 위에 하나.

도심의 공원, 빈 벤치 위에 하나.

길모퉁이 작은 가게에 하나.

꽃에 물을 주던 금발의 누군가에게 하나.

너처럼 굽어진 어깨 위에 또 하나.

추억을 버렸지만,

그러나 버려지는 즉시 추억은 또 생겨났어.

이젠 TV 뉴스를 보다가도 멍해질지 몰라.

그 도시의 풍경이 스칠 때마다 생각하겠지.

—바로 저기 그를 버려두고 왔지?

널 잊을 수 없는 **치명적인 이유**가

또 하나 생겨버렸어.

겨울나무.
마지막 잎새가 애처롭게
가지에 붙어 있었어.

차갑게 말라버린 잎을 보며
니가 그랬지.

−붙들고 있다는 거, 의미가 있을까.
보내지 않으면 저렇게 얼어죽고 말 뿐인데.

그렇게 이별을 말하며, 넌 말했어.

때맞춰 보냈다면
봄이 오는 어느 날,
다시 웃으며 만날 수도 있었을 거라고.

정말 그랬을까?

지겨운
거짓말.

아니었다고 말해봐.
단발머리가 잘 어울릴 것 같다고 했을 때
까만 내 속눈썹이 예쁘다고 했을 때
내게서 그녀를 찾은 것이 아니었다고
말할 수 있겠니.

인사도 없이 떠나는 거, 이해해줘.

너의 옛 사진이, 너 몰래 비밀을 말해줬어.
나와 꼭 닮은 그녀가 니 곁에서 웃고 있었지.
짙은 속눈썹, 까만 단발머리 위로 햇빛이 반짝였어.

그녀와 아주 비슷한 표정으로 나 또한
니 곁에서 걱정 없이 웃던 날이 있었겠지.

사랑은, 사랑으로 지워지는 것인 줄 알았는데
그게 아니라면 좀 두렵다.

나를 보고 있으나, 그러나 나를 보지 않던
너의 먼 시선처럼
나 또한 다른 누군가를 보게 될까 봐,
너에게서 배워버린 쓸쓸함을
또다시 누군가에게 옮겨놓을까 봐.

―넌 나를 영원히 품을 수 없어.

그것은 하얀 눈의 경고였어.

아직 어렸던 나는,
눈송이를 잡고 싶어서
하루 종일 눈밭을 뛰어다녔지.
하지만 단 하나도, 내게 머물지 않았어.
"난 영원히 네 것이 되지 않아."
눈송이는 나를 조롱하듯,
순식간에 손바닥 위에서 사라져버렸어.

그날의 경고가 떠올랐다.

겁 없이 너에게 가려던 순간.
눈송이 하나
내 손바닥에 떨어지며
주문을 걸 듯 내게 말했다.

―넌 나를 영원히 품을 수 없어.

그렇게 오래 기다린 눈이었는데.

아홉번째이야기 **9**

시계를
돌리다

| # | 1 |

현우_나는 니가 숨 막혀.

세상의 끝에 온 것 같았다. 사랑하는 사람의 입에서 이런 말이 나오다니..

현우_여정이 너를 생각하면 숨이 막힌다구!!

나는 그 사랑이 마치 하늘과 같아서 늘 거기 있을 거라 생각했다. 올려다 보면 늘 거기에 하늘이 있어서 절대로 내가 혼자일 수 없는 것처럼 현우가 있는 한, 나는 혼자가 아니라고 생각했는데.. 그런데 하늘이 무너졌다.

현우_먼저 간다.

그는 갔고, 나는 혼자 남았다. 한참을 일어설 수가 없었다. 여기가 끝이라니.. 한발 내딛으면 절벽으로 떨어질 것 같았으므로 나는 그 자리에서 몸이 굳어, 돌이 되고 싶었다.

카페 종업원_손님.. 문 닫을 시간 다 됐는데요..

그러나 나는 가야 했다. 결국 나는 절벽으로 떨어졌다. 절벽 끝에서도.. 현우의 마지막 말이 잔인하게 울려 퍼졌다.

현우_나는 여정이 니가 숨 막혀. 숨이 막힌다구!!

엄마 _ 여정아.. 엄마가 우리 이쁜 딸에게 이것밖에 줄 게 없어서 정말 미안해.

여정 _ 이 시계는.. 엄마가 늘 손목에 차고 다니시던 거잖아요..

엄마 _ 처음 사랑을 하던 날.. 아빠가 나에게 선물로 준 거야. 앞으로의 날들.. 같은 꿈을 꾸면서.. 행복으로 채워가자구 말이야. 정말로 아빠와 나는 같은 꿈을 꾸었어. 그래서 니가 태어났지. 여정아.. 니가 있어서 엄마는 참 행복했다. 아마 아빠도 그랬을 거야.

함께했던 시간은 남보다 짧았지만 우리는 누구보다도 행복했다.

엄마 _ 여정이 옆에 오래 있어주지 못해서 미안해. 하지만 그 시계를 가지고 있으면.. 우린 함께 있는 거나 마찬가지야. 함께했던 시간이.. 모두 거기 담겨 있으니까..

여정 _ 엄마는 가끔 시계를 들고 혼자 앉아 있었어. 그때.. 아빠의 추억과 만났던 거구나.

엄마 _ 시계를 거꾸로 돌리면 시간이 거꾸로 돌아서 아빠가 아직도 내 곁에 있는 것 같았거든.

여정 _ 다시 돌아갈 수 있다면.. 어떨까? 시간을 되돌릴 수 있다면 말이야.

엄마 _ 많이 생각해봤어. 시간을 되돌릴 수 있다면 바꾸고 싶은 게 너무나 많지만.. 그래도 절대로 바꾸고 싶지 않은 게 하나 있지. 아빠를 만나고 사랑했던 거.. 여정아.. 이제 엄마는 갈 시간이 된 것 같아. 이젠 여정이 니 차례야.

문득 놀라 눈을 떠보니, 그것은 꿈이었다. 손 안에 느껴지는 금속성의 차가운 느낌. 아빠의 시계가 내 손 안에 있었다. 나는 시곗바늘을 거꾸로 돌려보았다. 순간, 눈앞의 풍경이 달라졌다.

(# 바람 소리)

| # | 3 |

현우_저.. 혹시.. 한국 분이세요?

그것이 현우가 나에게 건넨 첫 번째 말이었다. 2년 전, 낯선 땅 일본에서였다.

현우_한국 분 맞군요. 반가워요. 한국말이 정말 너무 고팠어요.

낯선 나라 식당의 오므라이스만 아니었어도 그 인연은 시작되지 않았을 것이다. 오므라이스에선 꼭 엄마가 해준 것 같은 맛이 났고, 나는 이내 쓸쓸해졌다. 이제 엄마는 없다. 나는 완전히 혼자다. 지구가 텅 빈 것처럼 허전했던 순간, 현우가 나타나서 물었다.

현우_저.. 혹시.. 한국 분이세요?

그렇게 우리의 인연은 시작되었다.

현우_제가 디저트 살게요. 같이 갈래요?

여정_재밌게 생긴 가게네요.

현우_가게 이름은…. 고이부미 쇼쿠도. '사랑의 편지 식당' 이라는 뜻이에요. 이 거리 이름 알아요? 연애편지 거리예요. 1950년대에 여기, 연애편지를 대필해주는 가게가 있었대요. 미군 병사들과 사랑에 빠진 일본 여성들이 영어를 모르니까 연애편지 대필을 맡긴 거죠. 저기 우체통 보이세요? 저거, 전설의 우체통이에요. 여기서 편지를 보내면 사랑이 이루어진대요.

우리말이 고팠다던 말처럼, 현우는 쉬지 않고 이야기를 꺼냈다. 그 또한 나처럼 혼자 여행 중이라고 했는데.. 혼자 온 이유를.. 나는 현우에게 묻지 않았다.

(# 바람 소리)

시간을 거슬러 온 나는, 이제 현우에게 이유를 물어보기로 했다. 과거의 내가 자리를 비웠을 때, 나는 현우에게 다가가 질문을 던졌다.

현우_왜 혼자 왔냐구요? 평생 한 사람밖에 사랑하지 못하는 종류의 사람이 있다면 난 아마도 그런 류의 사람인 것 같아요. 사랑하는 사람이 있어요. 주현이라는 이름을 가진, 좋은 사람이에요. 모두에게 친절하고, 참 잘 웃는 사람인데요.. 나만 보면 자꾸 화를 내요. 아마 가슴속에 다른 사람이 있는 것 같아요. 그래서 기다리겠다고 했더니.. 숨이 막히대요. 그렇게 기막힌 말을 듣고도.. 한국에 있으면 자꾸 주현이에게로 달려가고 마니까.. 이런 식으로 나를 묶어두는 거예요. 바다 건너에 있으면 아무리 보고 싶어도 아무 때나 주현이에게 달려갈 수 없으니까요.

현우 어깨에 기대 있으면서도 허공에 기대 있는 것처럼 허전했던 이유를 나는 이제야 알 것 같았다. 이제 나는 어떻게 해야 할까. 아직 사랑이 시작되기 전이었다. 2년 뒤, 내가 떨어질 절벽을 생각하면 나는 어떤 식으로든 이 사랑을 막아야 했다. 이 사랑이 시작되는 순간부터 내 인생은 하루하루 끝을 향해 가는 것과 마찬가지니까. 하지만 어떻게 사랑을 막을 수 있을까. 망설이고 있는 사이, 현우와 내가 가게를 나서는 것이 보였다. 이미 나는 첫 번째 기회를 놓친 것이다.

(# 교통사고 소리)

여정_ 현우 씨!! 괜찮아요??
현우_ 아.. 여기가 어디죠?
여정_ 괜찮아요? 현우 씨! 많이 아파요?
현우_ 현우?? 당신은.... 누구세요?

| # | 4 |

그해 봄. 나는 생각보다 오래 낯선 땅에 머물러야 했다. 현우는 교통사고 후유증으로 기억을 잃었고, 돌봐줄 사람 하나 없었기 때문에 내가 그의

곁에 있어야 했다. 낯선 땅에서 기댈 사람이라곤 서로밖에 없었으므로
사랑이 싹튼 것은, 어쩌면 자연스런 일이었다.

현우_여정! 어디 갔다 왔어!!

여정_현우 씨, 엄마 잃어버릴까 봐 무서워하는 네 살짜리 꼬마 같아. 내
가 안 보이면 그렇게 불안해? 내가 도망이라도 갈까 봐?

현우_어쩌면 나.. 기억을 다 되찾은 게 아닌 것 같아. 뭔가 중요한 걸 잃
어버린 기분이야. 그래서 가끔 불안하기도 하고.

여정_자기 이름, 가족, 친구들, 어릴 때 추억, 지금 하는 일.. 다 기억해냈
잖아. 현우 씨 기억은 완벽해. 불안해하지 마.

현우_어쨌든 제발 갑자기 사라지지 마. 보고 싶어진다구!!

여정_그 마음 변하기만 해봐라!

현우_언젠가 이런 말을 했던 적이 있는 것 같아. 평생 한 사람밖에 사랑
하지 못하는 종류의 사람이 있다면 난 아마도 그런 류의 사람인 것
같다구. 사랑해..

2년 전의 나는 봄의 벚꽃처럼 화사했다. 사랑 안에서 충분히 행복했던
것이다. 2년 뒤, 절벽으로 굴러 떨어질 것을 모르는 채로 행복에 빠져 있
는 나를 어쩌면 좋을까. 현우와 나의 모습을 지켜보면서 나는 매 순간 고
민했다. 이 사랑을 막아야 하는 걸까, 막지 말아야 하는 걸까. 갈등하는
사이, 두 사람은 비행기를 탔다.

(# 비행기 소리)

나는 결심했다. 나와 현우는 진심으로 사랑했고, 행복했다. 내가 해야 할 일은 사랑을 막아서는 것이 아니라, 사랑을 지켜주는 것이다..라고 그렇게 마음을 정했을 때, 그녀가 나타났다.

주현_현우 씨. 나야, 주현이. 어떻게 지냈어? 뭐야.. 그 낯선 얼굴은. 기다려준다고 했잖아. 하지만.. 1년은.. 너무 길었지? 미안해.. 이제 다시는 떠나지 않을게. 화 풀어, 응?

현우가 맞았다. 주현의 가슴에는 다른 사람이 스쳐갔다. 주현은 텅 비어버린 가슴을, 현우가 채워주길 바랐던 것일까.

현우_누구시죠? 전 그쪽을 모릅니다.
주현_장난치지 마. 나 주현이라니까.
현우_정말 모른다니까요.
주현_현우 씨.. 진심이야? 알았어.. 잊으라고 했으니, 잊었다는 말이지? 하지만 기다리겠다는 그 말은 뭐였어? 그래, 알았어. 그만 갈 테니까 그런 표정 짓지 마. 현우 씨 표정이 너무 낯설다.

주현이 찾아왔었다는 말을, 현우는 왜 나에게 하지 않았던 것일까. 시간을 거슬러 와.. 이제야 비밀을 알게 되었다.

현우_(경쾌한 말투로) 여정! 왜 이제 와! 한참 기다렸잖아! 우리 오늘 뭐할까?

현우는 정말 주현을 기억하지 못하는 것 같았다. 모든 기억을 되찾은 이후에도 주현만은 예외였던 이유를 나는 이해했다. 이별 이후, 나 또한 현우의 기억을 모두 지우고 싶었으니까.

(# 전화벨 소리)

주현_ 현우 씨, 나야 주현이. 오늘에서야 얘기 들었어. 현우 씨는 나를 모르는 게 아니야. 나를 기억하지 못하는 것뿐이지. 우리 만나자. 만나면 기억날 거야.

낯선 나라에서 현우는 말했었다.

현우_ (에코) 주현이는 내가 다가가면 숨이 막힌대요. 그런데도 난 자꾸 주현이에게 달려가고 마니까 바다 건너까지 온 거예요. 주현이에게 가지 못하게 나를 묶어두려구요.

어렵게 지워버린 이름이었다. 그런데 주현은 이제 와서 오직 필요에 의해서 현우를 찾고 있었다. 잔인한 사람이라고 나는 생각했다. 기억하지 못한다고 하면서도 주현의 목소리를 듣는 순간 현우의 표정이 흔들렸다.

현우_ 어! 여정 씨 왔어? 앉아. 커피 한 잔 만들어줄까?

나는 아직도 그날을 기억한다. 갑자기 현우가 낯설게 느껴졌지만 이유도 알 수 없었고, 어떻게 해야 하는지도 알 수 없어서 뜨거운 커피만 자꾸

삼키다가 입천장을 데고 말았다. 시간을 거슬러 왔지만, 그러나 이번에
도 난.. 어떻게 해야 할지 알 수가 없었다.

여정_ 이상해, 현우 씨. 현우 씨 어깨에 기대고 있으면 말이야.. 꼭 허공에
기대고 있는 기분이 들어. 왜 그렇지? 어제는 어디 갔었어? 연락도
안 되고.. 걱정했잖아.

현우_ 그냥 좀 혼자 있고 싶었어.

여정_ 예전엔 내가 옆에 없으면 불안하다고 하더니.. 달라졌네?

현우_ (짜증 섞인 목소리로) 사람은 누구나 혼자 있고 싶을 때가 있잖아.

엇갈림이 깊어가던 시절이었다. 지켜지지 않는 약속이 많아졌고, 연락
이 닿지 않는 시간도 늘어났다. 막막했다. 나는 두려워지기 시작했다. 나
를 바라보던 눈으로, 현우가 다른 사람을 바라보고 있는 것은 아닐까. 대
체 현우의 마음은 어디에 가 있는 것일까.. 당시 나는 속수무책으로 그저
막막했다.

(# 파도 소리)

시간을 거슬러 다시 와보니.. 현우는 정말 혼자 있었다. 그날도 현우는
혼자서 멍하니 바다를 지켜보다가 나를 찾아온 것이었다. 무언가 할 말
이 있는 듯한 표정의 먼 시선. 현우가 무척 불안해 보였으므로 나는 그를

몰아세우고 말았다.

현우_그만 해. 숨 막혀. 여정이 널 생각하면 숨이 막힌다구!

(# 비행기 소리)

현우는 다시 낯선 나라로 떠나버렸고, 나는 현우를 잡을 수 없었다. 그리고 어둠 속의 날들이 계속되었다.

| **#** | **7** |

엄마_어딜 그렇게 다녀왔니?

여정_엄마.. 나 시간 여행을 좀 다녀왔어요. 근데 다 필요 없는 일 같아요. 바꿀 수 있는 건 아무것도 없더라구요. 깨질 인연은 어떻게든 깨지고, 혼자인 사람은 결국 혼자가 되는 게.. 사랑이고, 인연이고, 세상인가 봐요. 엄마.. 혼자 있는 이 세상은.. 춥고, 어두워요. 더 이상 혼자 있기 싫어요. 나도 엄마 따라갈래요.

엄마_지금 너에겐 두 가지 선택밖엔 없구나. 모든 것을 끝내거나 혹은 사랑하거나.. 잊을 수는 없는 거야, 그렇지?

엄마는 다시 내 손에 시계를 꼭 쥐어주며 말했다.

엄마_그렇지만.. 기억하렴. 과거는 바꿀 수 없지만.. 미래는 얼마든지 바꿀 수 있다는 것.

그리고 난 꿈에서 깼다.

엄마_(에코) 기억하렴.. 미래는 얼마든지 바꿀 수 있다는 것.

나는 시계를 미래로 돌려보았다.

(# 바람 소리)

아무도 찾지 않는 나의 무덤이 보였다. 어차피 저렇게 혼자, 암흑 속에 있을 거라면.. 무덤 앞에서 나는 생각했다. 차라리 그냥 살아 있는 편이 낫지 않을까. 어차피 혼자이고, 어차피 어둠 속이지만.. 그래도 살아 있으면 현우 씨를 다시 볼 수 있을지도 모르니까.. 그냥 살아보는 것이 낫지 않을까....라고 생각하는 순간! 또 다른 미래가 펼쳐졌다.
우체통에서 편지를 꺼낸 나는, 서둘러 봉투를 뜯고 있었다. 항공우편이었다.

현우_(에코) 언젠가 말했던 것 같아. 누구한테 말했던 건지는 기억나지 않지만 나.. 이런 말을 한 적이 있어. 평생 한 사람밖에 사랑하지 못하는 종류의 사람이 있다면 난 아마 그런 류의 사람인 것 같다고. 그 한 사람, 여정 씨일 거라고 믿었어. 근데 여정 씨.. 내게 다른 사람이 있었대. 나도 모르는 과거가 아직도 있대. 기억하진 못하지만, 내가 그 사람을 사랑했대.

어느 날 그 사람이 나를 찾아와 내가 필요하다고 말하는 순간.. 가슴이 아팠어. 머리는 기억하지 못하지만, 심장이 그 사람을 기억하나 봐. 그날 이후, 자꾸 가슴이 아팠어. 앞으로도 오래 그럴 것 같았어. 이러다 문득.. 기억나지 않던 과거의 일들이 모두 살아나면 어쩌나.. 두렵기도 했어. 그런 것도 모르고, 내 어깨에 기대 행복해하는 여정 씨를 보면 정말 미안해서 어쩔 줄을 몰랐는데..

어느 날 여정 씨가 그랬어. 내 어깨에 기대고 있으면 꼭 허공에 기댄 기분이 든다고.. 그때 떠나야겠다고 결심했지. 기억도 못 하는 누군가를 지우지 못하는 내 가슴 때문에 여정 씨가 늘 허공에 기댄 듯 쓸쓸한 마음으로 내 옆에 있어야 한다면.. 안 될 일이었어. 그래서 모진 말 했던 거야. 미안해. 그런 주제에.. 한국에 있으면 자꾸 여정 씨에게 달려가게 될 것 같아서.. 무작정 비행기를 타고 이곳저곳을 돌았는데..

어디선가.. 반쪽짜리 나무를 봤어. 번개를 맞았는지 반쪽이 무너졌는데도 기특하게 꽃을 피웠더라. 아름다운 꽃이었어. 그 길로 여기에 왔어. 사랑의 편지 식당.. 기억나? 우리가 처음 함께 차를 마셨던 곳. 전설의 우체통도 기억하는지.. 여기서 편지를 보내면 사랑이 이루어진다고 했잖아. 이 편지를 전설의 우체통에 넣을 거야. 진실로 이 사랑이 이루어지기를 바라니까.

여정 씨가 없으면 나는 평생 반쪽짜리 가슴이겠지. 하지만 여정 씨와 함께라면 나도 할 수 있을 것 같아. 꽃을 피우는 일 말이야.. 나를 도와주겠어? 그 모든 꽃을 당신에게 줄게. 사랑해.

(# 비행기 소리)

너무 작았어, 내가 네게 준 반지.
다시 맞춰준다니까
괜찮다면서 억지로 억지로,
왼쪽 네 번째 손가락에 반지를 끼워넣던 너.

피가 안 통해서
손이 퉁퉁 부은 다음에야
겨우 비누칠해서 반지를 **빼냈잖아.**

그 후 일주일.
몰라보게 여윈 모습으로 나타나
넌 내게 손을 내밀었어.

—이것 봐. 이젠 아주 잘 맞지?

그렇게 너는 나에게 가르쳐주고 있었다.
처음부터 딱 맞는 것이 아니어도 괜찮다고.
서로 맞춰가는 것, 어쩌면 그게 진짜 사랑이라고.
넌 **수줍은** 미소로 내게 가르쳐주고 있었어.

오늘, 지하도에서 길을 잃었어.

오르고 내리기를 몇 번.
방향감각은 점점 더 사라져갔다.

계단 한쪽에 멈춰 숨을 고르는데
폐에 들어차는 공기가
참, 허전하더라.

넌 지하도를 싫어했어.
늘 헤매게 된다면서
멀리까지 돌아가곤 했었는데..

괜찮니?
사랑이 사라진 뒤
세상은 매일 어두운 땅속과 같은데..

비상구도 없는 지하도.
돌아갈 길도 없는, 일방통행의 외길.
이별의 시간 속에서
또, 길을 잃진 않았니?

#083

우리 둘 사이엔 **작은 시냇물**이 흘렀어.
난 흐르는 물을 가리키며 네게 말했지.

—너에게로 가고 싶지만, 난 발을 적시고 싶지 않아.

넌, 젖은 발은 말리면 된다 했지만,

—아직 겨울이잖아. 물이 너무 차가워.

겁쟁이의 핑계였지.

마침내 용기를 냈을 때, 난 알게 되었어.

시냇물은 매일, 소리 없이 깊어져,
건널 수 없는 강이 되었음을.

닿을 수 없는 그곳에, 어느 날 봄이 왔대.
문득 니 가슴에, 사랑이 왔대.

준비도 없이, 난 아직 겨울인데..

오랫동안 봄이 오지 않을 것 같아.

프로메테우스를 기억하니?
인간에게 불을 가져다준 죄로
독수리에게 간을 쪼아 먹혔지.
하지만 간은 밤새 새로 자라나,
형벌은 끝없이 계속되었어.

오늘,
검색 사이트에
니 이름을 넣어보았다.
화면이 바뀌는 순간,
니 목소리가 떠올랐어.

―난, 내 이름이 너무 흔해서 싫어.

정말 그렇더구나.
어디에나 있는 니 이름.
그러나
정작 어디에도 없는 너로 인해
나, 끝없는 형벌을 받게 될 거야.

아물기도 전에 딱지를 떼어버려
계속 피를 흘리게 되겠지.
누군가, 너와 똑같은, 그 흔한 이름을 부를 때마다.

#085

니가 찍어준 내 사진들.
난 참 마음에 들었어.

살아 있다는 느낌.
다른 사진에선 볼 수 없었던
비밀스런 내 표정이 담겨 있었거든.

니 눈에 비친 나도, 사진 속과 같을까.

궁금한 마음에 마주 앉은
니 눈동자를 들여다봤지.

그 짧은 순간을
두고두고 잊을 수가 없어.

삶이 내 무릎을 꺾어도
내가 멈추지 않는 이유.
니 눈동자 안의 나를 기억하기 때문이야.

살아 있을게, 최선을 다해서.
니 눈동자 안에서 그랬던 것처럼
반짝반짝 빛나면서.

금강 하구.

노을이 아름답던.

그 갈대밭을 기억하니.

키가 큰 갈대 속에
숨어버렸을 때,
너는 나를 찾지 못했어.
안타깝게 내 이름을 외쳤지.
손만 뻗으면 닿을 곳에
내가 있었는데.

잠시만 보이지 않아도
내 이름을 부르던 너였는데,
오늘, 니 눈동자 안엔 내가 없더라.
분명 난, 네 앞에 서 있었는데.

순간 그 갈대밭이 떠올랐어.
숨어버리고 싶어서.

그 어느 날 니가 그랬듯,
이별이 **나를 찾지 못하게.**

#087

'화양연화' 의 마지막 장면을 기억하는지.

앙코르와트,
무수한 돌담 사이에
주인공 차우는 서 있었어.
벽에 난 작은 구멍에 대고
그는 긴 이야기를 풀어놓았지.
그리고 진흙 한 덩이로 구멍을 막아버렸어.
세상에 오직 두 사람만 알고 있는
사랑의 비밀은 그렇게 묻혔는데,
하지만 그 한 덩이 흙에선
푸른 풀잎이 돋아나
바람이 불 때마다 흔들거렸거든.

비밀을 실은 바람이 불어와서일까.
바람이 불면
가슴에 묻어둔 너, 내 사랑의 비밀이 고개를 드는 이유.

바람은 어디서나 불어오고
끝내 비밀은 묻히지 않았어.

갑자기 **소나기가 쏟아지던** 저녁.

베란다로 나가 창문을 닫는데
옆집 마당.
오후내 말려둔 빨래가 다시 젖고 있었어.

우산을 씌워줄 수도 없었던 난,
멍하니 서서 그걸 지켜봤지.

그랬어.
니가 떠난 뒤, 내 마음.
겨우 말려두면 또 비가 왔지.

몸이 묶여
바람 따라 날아갈 수도 없었던
그 빨래들처럼
너에게 묶여
또 젖어야만 했지.

아무런 대책도 없이.

#089

─내 옆에 앉아봐.

푸른 물이 차오르는, **봄의 느티나무 아래서**
넌 책을 꺼내들며 웃었어.
우린 나란히 앉아 책 한 권을 함께 읽었어.
한 장 한 장 넘길 때마다 넌 물었지.
─이제 넘길까?

읽는 속도가 느린 나를, 넌, 참 조용히 기다려줬어.

언제나 그랬지.
사랑하는 일에도 한발 늦었던 나를
넌 말없이 기다려주었어.

너에게 배운 기다림의 자세로,
사실은 나..
말없이, 너 몰래, 기다리는 게 있어.

방금 뽑은 커피를 들고
니가 눈뜨기를 기다리는 아침.

매일, **향이 좋은 커피**로 준비할게.

오늘도 **먼 길을 돌아와야 했어.**
자동차 전용 도로 위에서
또 출구를 놓쳤거든.

너만 생각하면
난 언제나 길을 잃고 말아.

먼 길을 돌아
겨우 집 앞에 차를 세웠을 때,
창문의 불은 모두 꺼져 있었지.

창문 너머의 어둠이 말했어.
"너무 늦었어."

먼 길을 돌아, 마침내 너에게 가던 날.
메마른 목소리로 네가 말했던 것처럼.

기억나.
"너무 늦었어"라고 말하던 순간, 너의 눈동자.
저, **불 꺼진 창문** 같았어.

그럼에도
불구하고

10
열 번째 이야기

| # | 1 |

주현이 그녀와 마주친 것은 행성의 아파트 현관 앞에서였다. 주현이 걸어서 4층 행성의 아파트 앞에 도착했을 때, 한 여자가 그의 집에서 뛰쳐나오더니 엘리베이터 버튼을 눌렀다. 그리고 울기 시작했다.

주현_ 누구세요? 누군데.. 여기서 울고 있어요?

여자의 본능이었을까? 주현은 여자에게 다가갔다.

주현_ 누구신데.. 여기서 울고 계시냐구요?

여자는 뒤돌아 원망에 가득 찬 눈으로 주현을 보더니, 이내 계단으로 뛰어 내려갔다. 주현은, 여자의 젖은 눈을 오래도록 잊지 못했다.

주현_ 행성 오빠~! 나 왔어! 근데 방금 그 사람.. 누구야?
행성_ 신경 쓰지 마.

순간 행성의 표정에서 주현은 많은 것을 읽었다. 역시 본능적인 직감이 움직였다.

주현_ 혹시 그 사람이야? 나랑 헤어졌을 때 잠깐 만났다던.. 뭐야.. 정말 그 사람인 거구나? 그 사람이 지금 여기 왜 있어? 오빠네 집.. 이사 온 지 얼마 되지도 않았는데 어떻게 알고 찾아온 거야?

평소의 침착한 그녀답지 않게, 주현은 쉴 새 없이 질문을 퍼부었지만 행성은 아무런 대답도 하지 않았다.

주현_ 항상 이런 식이지! 불리한 상황엔 입을 다물어버리잖아. 설명을 하거나, 미안하다고, 말을 하란 말이야.

행성_ 나중에, 나중에 얘기하자. 피곤하다.

주현_ 만날 나중에, 나중에! 그러고 나서 진짜 나중에 제대로 얘기해준 적 있어?

행성_ 그래!! 얘기해주면 될 거 아냐. 맞아. 너랑 헤어졌을 때, 잠깐 만난 사람이야. 다시 너 만났을 때, 분명히 다 정리했어. 그런데 이렇게 찾아온 걸 나보고 어떡하라구. 멀리서 여기까지 왔는데.. 어떻게 그냥 가라고 해!

주현_ 멀리서 여기까지 왜 왔는데? 이사 온 집은 어떻게 알고 왔는데? 왜? 또 피곤하다고 하려고? 지긋지긋해. 나도 더는 못 견디겠어. 그래, 그만둬. 그만두자구!

행성_ 주현아! 어디 가! 가지 마. 사랑하는 거 알잖아!!

주현_ 상처 주고, 비참하게 하고, 기막히게 하는 게 사랑이라면 난 이제 사랑 안 해. 그러니까 그만 놔줘.

행성_ 가지 마. 제발 가지 말라니까!! 그 문 닫으면, 나 죽어버릴 거야!! 정말이야, 죽어버릴 거라구!! 주현아! 제발.. 가지 마.....

그리고 행성은 풀썩, 주저앉았다.

이켠_ 도대체 그 여자가 거긴 어떻게 온 거야? 이사한 지 얼마나 됐다구! 말이 돼?

주현_ 그만 해. 나도 힘들어.

이켠_ 주현아.. 언젠가 내가 했던 말 기억나? 상처가 있는 사람은 사랑하지 말라던 말.

주현_ 상처가 있는 사람은, 기어이 그 상처를 다른 사람에게 옮겨놓는다고 했지. 그것도 가장 가까운 사람에게 말이야.

이켠_ 행성이 형 어머니가.. 어렸을 때.. 가족을 버렸다고 들었어. 형은.. 자기가 잘못해서 엄마가 떠난 거라고 생각하고 꽤 오래 힘들어했다나 봐. 그래서 니가 떠나는 걸 못 견디는 것 같아.

주현_ 맞아. 오빠는 상처가 많은 사람이야. 그 상처, 내가 다독이려고 했어. 가장 가까운 사람을 제일 힘들게 하는 거라면, 힘든 것도 참을 수 있었어. 나를 그만큼 가깝게 생각하는 거니까. 근데 이젠 좀 지친다.

이켠_ 친구로서 하는 말인데.. 난 니가 상처 안 받았으면 좋겠다.

주현_ 어떡하면 상처를 안 받을 수 있는데? 이 사랑을 포기하는 거? 그럴 수 없다는 거 알잖아. 이켠아.. 지금 이 사랑은 말이야.. 마치 공기와 같아. 잡으려고 하면 잡히지가 않아. 그래서 놓아버려야지.. 하고 돌아서면 이미 내 주변에 가득 차 있는 거야. 참 재밌지? 가지려고 할 땐 가질 수가 없는데, 놓아버리려고 할 땐 내 주변에 가득 차 있어서 절대로 도망칠 수 없다는 걸 알게 되거든. 행성 오빠가 나한텐 그래.

이켠_ 공기와 같다고? 공기와 같은 사람인데.. 왜 널 숨 막히게 하지? 언젠가부터 주현이 넌 가파른 산을 오르는 사람 같아. 헉헉거리고 있다고!!

주현_ 하지만 오빠랑 헤어졌을 땐 더 숨이 막혔어. 다시는 그렇게 되고 싶지 않아서, 오빨 떠날 수가 없어.

이켠_ 알았다. 바보 같은 소리 그만 할게. 너만 피곤하겠어.

주현_ 이켠아, 사랑이 뭘까? 갈수록 더 모르겠어. 근데.. 어떻게 모를 수가 있지? 난 내가 오래도록 사랑 안에 머물러왔다고 믿었어. 사랑은 내게 집과 같은 거야. 근데 오래된 자기 집이 어떻게 생겼는지 모른다면.. 말이 돼? 그 안에 뭐가 들었는지 모른다면, 말이 안 되는 거 아냐? 근데 갈수록 더 모르겠어. 난 정말.. 사랑 안에 있었던 걸까?

이켠_ 옥주현! 넌 생각을 너무 복잡하게 하는 게 탈이야. 내가 어렸을 때.. 길 잃어버렸던 얘기, 해줬던가? 분명 익숙한 우리 동네였는데, 골목 하나를 잘못 들어갔더니 처음 보는 길이 나오는 거야. 더 가면 집이 나오겠지 싶어서 계속 갔거든? 근데 계속 모르는 길이더라? 무서워서 울고 있는데.. 엄마가 나타났어. 엄마 손 잡고 집에 왔는데 알고 보니.. 집이 코앞이었더라구.

주현_ 그냥 지금은.. 조금 길을 잃어버린 거라구?

이켠_ 그래.. 옛날 우리 집이 그랬던 것처럼 진실은 아주 가까운 곳에 있을지도 몰라. 그리고 알잖아. '집'이라는 거, 움직이는 게 아니라는 거. 움직이지 않으니까.. 결국엔 찾게 될 거야. 제발 심플하게 생각하고!! 얼굴 좀 펴라. 내일 행성 형 졸업식이라며!! 꽃순이가 이뻐야지. 웃어봐, 좀~!

(# 사람들 웅성대는 소리)

주현_ 여보세요! 오빠, 어디야? 졸업식 다 끝나겠다. 언제 올 건데?

행성_ 집에 중요한 일이 생겨서 못 갈 것 같아.

주현_ 늦게라도 와. 일생에 한 번뿐인 대학 졸업식인데 사진은 찍어야지.

행성_ 아냐. 못 갈 것 같아. 집에 가 있어. 내가 저녁때 갈게.

전화기 너머에서 행성이 사라졌다. 순간 밀물이 밀려들 듯 먹먹한 불안감이 주현을 에워쌌다. 쓸데없는 생각이 자신을 집어삼키지 못하도록 주현은 애써 생각을 다른 곳으로 돌렸다.

주현_ 맞다. 그래도 졸업 앨범은 찾아야지! 학과 사무실이.. 어디더라?

그러나 불안은 잠들기는커녕 오히려 주현을 덮쳐버렸다. 학과 사무실에서 주현은 뜻밖의 사실을 알게 된 것이다.

주현_ 뭐라구요?? 행성이라는 졸업생은 없다구요? 정말 없어요? 말도 안 돼!! 정말 없는 게 확실해요??

이켠_또? 또? 또 헤어졌어? 어떻게 남자를 세 번 이상을 못 만나냐? 이번
엔 또 뭐가 문제야?

주현_거짓말을 했어. 난 아주 작은 거짓말도 용서 못 해.

이켠_사람은 누구나 실수를 해. 사랑을 지키기 위해서 때론 거짓말도 필
요한 거라구.

주현_거짓말 위에 사랑을 지을 수 있어? 그건 바닷가에 모래성을 짓는 거
랑 똑같아. 열심히 지으면 뭐해? 파도가 한 번 지나가면 무너질 텐
데. 그나마 모래성은 흔적도 없이 사라지지만 사랑은 상처를 남기
거든. 같은 실수 두 번 반복하고 싶지 않아.

이켠_그럴 거면 차라리 아무도 만나질 말던가!

주현은 테이블에 놓여 있는 꽃병에서 장미꽃 한 송이를 뽑은 다음, 벽에
기대놓았다.

주현_이 장미에게 혼자 서라고 말해봐. 난 말이야, 아주 오래전부터 행성
이라는 사람에게 마음을 기댄 채 살아왔어. 기대지 않고는 살 수 없
게끔 초기화가 되어버렸다고 할까. 근데 혼자 서라고? 기어이 내가
쓰러지는 걸 보고 싶은 거구나.

이켠_넌 이 장미와 달라. 뿌리가 있으니까. 내가 아는 내 친구 주현이는
뿌리가 단단한 사람이란 말이야! 이해할 수가 없다. 대체 뭐가 주현
이 너를 이렇게 변하게 했니?

주현은 가방 안에서 CD 플레이어를 꺼냈다. 그리고 이켠의 귀에 이어폰
을 꽂았다.

주현_ 윤상의 '사랑이란'.. 그게 그 노래 제목이야. 행성 오빠 졸업식장에
서 나와 택시를 탔는데 이 노래가 나오더라. 가사 한 줄이 마음에
박혀서, 좀 울었어. "애써 지켜야 한다면 그건 이미 사랑이 아니지"
맞다. 그 말이 맞다. 이건 사랑이 아니다.. 싶더라. 그 후에.. 오빠에
게 달려가고 싶어질 때면, 이 노랠 들었어. "애써 지켜야 한다면 그
건 이미 사랑이 아니지." 그 한 줄이, 내 발목을 잡아줬어. 참 고마
운 노래지?

이켠_ 난 말이야.. 주현아.. 니가 '그럼에도 불구하고' 사랑하는 사람이라
고 생각했어. 사람들은 누군가가 멋지고, 훌륭해서 '그래서' 좋아
하잖아. 하지만 넌 그 모든 것에도 불구하고 사랑을 지켰어. 난 그
런 니가 자랑스러웠는데..

주현_ 이켠아.. 이제 우리 사랑 얘긴 그만 하자. 지겹다.

| # | 5 |

많은 사람이 사랑의 이름으로 주현을 찾았으나 주현은 끝내 문을 열지
않았다. 사람들은 문을 두드리다, 지쳐서 돌아갔다. 주현의 곁에 아무도
남지 않게 됐을 때, 이켠마저 입대를 했다. 사랑을 떠나보냈을 때와는 또
다른 색깔의 쓸쓸함이 찾아왔다. 어쨌든 이켠은 주현이 마음을 기대고
살아온, 또 하나의 사람이었으니까.

234

주현__(편지 쓰는) 〈이켠에게. 나 편지 너무 자주 쓰는 거 같지? 너 없는 서울이
이렇게 심심할 줄 알았으면 나두 너 따라서 군대 갈 걸 그랬어. 입 다물
고 연애나 하라구? 남자들.. 다 시시해. 심심한 가운데.. 그래도 재밌는
일 하나를 꼽는다면.. 매주 월요일 아침이면 누군가가 문 앞에 장미 화분
을 놓고 간다는 거야. 벌써 몇 주째 계속되고 있어.〉

화분은 편지와 함께 배달되곤 했다. 첫 번째 편지엔 이렇게 써 있었다.
〈그 동화를 기억하십니까? 어느 성에 오래도록 봄이 오지 않았어요. 아
름다운 계절 봄에 관한 이야기는 그저 전설과 같은 것이었죠. 공주는 봄
을 기다리다 지쳐서, 어느 날 성 밖으로 나가 직접 봄을 찾아보기로 했습
니다. 마침내 성문을 열었을 때, 문 밖의 세상은 온통 봄이었어요. 그런
데 당신은.. 일부러 성문을 꼭 닫고 들어앉은, 겨울날의 공주 같군요.〉

주현__(에코) 정말 문 밖에.. 봄이 와 있을까?
이켠__(에코) 이미 봄은 니 주변에 있어. 문제는 니 마음이 밖에서는 열리지
않는다는 거지. 근데 그 사람 누군지 몰라도 고단수구나. 꽃으로 유
인해서 옥주현이 문을 열도록 했다? 흥미진진한데? 그 '미스터 플
라워'가 얼음공주 옥주현의 마음까지도 열 수 있을까? 그런데.. 편
지에서 느껴지는 니 느낌.. 어째 좀.. '봄' 같다?

| # | 6 |

이제 월요일 아침이면 주현은 기대에 차서 문을 열게 되었다. 그렇게 계

절이 여러 번 바뀌고, 이만큼 문 여는 일에 익숙해졌으니 머지않아 마음
도 열 수 있지 않을까, 주현이 혼자 생각하게 되었을 때쯤이었다.

월요일 아침인데.. 문 앞에 장미 화분이 없었다. 그 대신 장미 화분을 든,
행성이 서 있었다.

주현_웬일이야.. 이 아침부터.

행성_진작 오고 싶었는데, 문을 열어주지 않을 것 같아서.. 그냥 멀리서
오래 지켜만 봤어. 그러다 이 시간에 여기 이렇게 서 있으면 너랑
얘기할 수 있을 것 같아서.. 자, 이거.

주현_장미 화분.. 오빠였어?

행성_미안하다, 주현아. 거짓말했던 것도 미안하고, 쉽게 흔들렸던 것도
미안하고, 믿음을 지켜주지 못한 것도 미안해. 하지만 무엇보다 미
안한 건, 아무래도 널 잊지 못하겠다는 거야. 너무 오래 걸린 거 알
아. 하지만 시간이 필요했어. 달라지기 위한 시간 말이야. 나 정말
많이 달라졌거든. 차마 뻔뻔하게 돌아와 달라는 말은 못 하겠어. 하
지만 나를 좀 지켜봐 주면 안 될까? 부탁할게.

주현_그래.. 그 화분, 그 편지.. 오빠였구나. 계절이 여러 번 바뀌도록 그
랬구나. 늘 한결같이.. 오빠.. 그렇게 변한 거야?

그날, 주현은 이켠에게 길고 긴 편지를 썼다.

주현_(에코) 이켠아.. '미스터 플라워'가 행성 오빠였다니.. 믿어져? 늘 제
멋대로이고, 약속 같은 건 지킬 줄도 모르던 사람이 그렇게 달라질
수 있을까? 그 긴 시간 동안, 월요일 아침마다 행성 오빠가 우리 집

앞을 다녀갔다니.. 믿어지지가 않아. 내 마음을 움직였던 그 많은 편지도 오빠가 쓴 거였다니.. 이번엔 어쩐지 믿음이 가. 다시 돌아간다고 하면.. 너는 나에게 뭐라고 할까. 난 니가 곁에 있어줬으면 좋겠어.

이켠의 답장은 평소보다 좀 오랜 시간 뒤에 도착했다.
짧은 편지였다.

이켠_ (에코) 몇 번이나 너의 편지를 다시 읽어봤어. 주현이 넌, 벌써 마음의 결정을 한 것 같구나. 마음이란, 어떻게 해도 막을 수가 없는 거니까.. 니 마음 가는 대로 가렴. 멀리서지만, 축복을 보낼게.

| # | 7 |

주현의 문 앞에는 더 이상 장미 화분이 놓이지 않았다. 그런 채로 또 한 번 계절이 바뀌었다. 봄과 함께 이켠이 돌아왔다.

주현_ 제대 축하해.

이켠_ 너야말로 축하해. 결혼 결정했다면서, 준비는 잘돼가?

주현_ 이제 시작이지 뭐. 부케만 생각해뒀어. 오빠가 보내준 장미들 말이야, 결혼식 할 때쯤 꽃 필 거 같아서 그걸로 부케 만들려구.

이켠_ 꺾는다구? 그 꽃을? 꺾으면 오래 두고 볼 수가 없잖아.

주현_ 행성 오빠는 대찬성이던데..

이켠_그렇다면 뭐! 근데 형은 같이 안 왔어?

주현_어제부터 또 잠수야. 원래 그랬잖아. 많이 달라진 줄 알았는데, 이젠 포기했어. 누가 그러더라. 사람 성격은 크게 달라져 봐야 3퍼센트뿐이라고.. 그러니까.. 바꾸려고 하지 말고, 받아들이도록 노력하래. 사랑한다면 말이야.

이켠_애써 지켜야 하는 건, 사랑이 아니라면서?

주현_그때 니가 그랬잖아. 난 '그럼에도 불구하고' 사랑하는 사람이라고. 어쨌든 오빠는 내 마음을 열 수 있는 유일한 사람이야. 오빠가 아니면 평생 마음 닫고 살아야 할지도 모르니까.. 아.. 나도 잘 모르겠어. 이게 내 운명이겠지. 나.. 축복해줄 거지?

이켠_주현아.. 있잖아.. 부케는.... 내가 해줄게. 장미들은 잘 크고 있다면서.. 그건 오래오래 두고 보고.. 부케.. 신부 친구가 해주는 거 맞지? 내가 맞춰줄게.

| **#** | 8 |

결혼식이 다가왔다. 드레스를 맞춘 뒤, 주현은 부케를 고르러 이켠이 말해준 꽃집을 찾아갔다.

주현_아저씨, 지금 뭐라고 하셨어요? 이켠이 어머니가 아니라 이켠이가 여기 단골이라구요?

꽃집 아저씨_응. 그래.. 그 학생이 단골이지. 1년이 훨씬 넘도록 매주 꽃을 주문했거든. 근데 어느 날 전화를 해서는 다 끝났으니, 더 이상 배

달을 안 해도 된다는 거야. 단골 하나 잃었구나.. 섭섭하기도 했지
만 그때 목소리가 너무 어두워서 괜히 걱정이 됐는데.. 어제 다시
전화를 해서는 특별히 잘 부탁한다고 하더라구. 얼마나 반갑던지..
그 학생 잘 있는 게지?

주현_ 매주 꽃을.... 이켠이가요? 혹시.. 혹시.. 장미 화분이었나요?

꽃집 아저씨_ 맞아, 장미 화분. 매주 월요일에 배달을 갔지. 맞아. 편지도 같
이 배달했는데.. 그 학생이 군대에 있었거든. 꽃이랑 같이 배달해달
라면서 매주 메일로 편지를 보내왔어. 내가 신경 써서 이쁜 봉투에
넣어서 같이 배달을 했는데.. 어디 보자, 갑자기 배달이 취소되는
바람에 편지 몇 통이 그냥 남아 있을 텐데..

주현_ 그 편지.. 혹시.. 제가 가져가도 될까요? 제가 전해줄게요.

주현은 믿을 수 없었다. 행성이 또 한 번 자신에게 지독한 거짓말을 했다
는 것을 믿을 수 없었고, 그 거짓 위에 사랑을 키워왔던 지난 시간을 믿
을 수 없었다. 그리고 또.. 편지에 써 있는 내용들....

이켠_ (에코) 오늘은 비밀 얘길 하나 해줄게요. 왜 장미 꽃다발이 아니라, 장
미 화분인지.. 어느 날, 내가 사랑하는 사람이 꽃병 속의 장미를 뽑
아서 벽에 기대놓더니 그랬어요. 자기는 이 꽃과 같다고, 혼자 설
수 없다구요.. 그렇지 않다는 걸 말해주고 싶었어요. 그녀는 뿌리가
단단한 사람이거든요. 할 수 있다면, 이 장미들을 정원에 심어주세
요. 장미의 뿌리처럼 그녀의 뿌리도 단단해질 수 있도록.

아마도 우연이었을 거라고, 주현은 자신을 다독였다. 행성은 운 좋게도

어느 월요일 아침, 꽃이 배달되는 것을 보았을 것이다. 속이려 한 것은 아니었을 것이다.

주현_ 하지만.. 만약 내가 이 편지들을 진작에 받아봤다면..

그랬다면 지금 자신은 어떤 모습일까.. 주현은 상상이 가지 않았다. 이켠은 마지막 편지에서 익숙한 어투로 주현을 부르고 있었다.

이켠_(에코) 주현아, 나야, 이켠이. 좀 놀랬나? 어떻게든 니 마음을 열고 싶어서 군대 가기 전에 꽃집 아저씨에게 부탁을 했어.. 주현아.. 오늘은 나 할 말이 있어. 전에 니가 들려줬던 그 노래.. 기억나니? "애써 지켜야 하는 거라면 그건 이미 사랑이 아니지" 그 대목.. 난 생각이 좀 달라. '그럼에도 불구하고 애써 지켜내는 것' 그게 사랑이라고 생각해. 주현아.. 사랑한다. 니가 아름다운 사람이라서, 그래서 널 사랑하고, 동시에 니가 가진 모든 상처에도 불구하고, 널 사랑한다.

그 편지 속엔 그림 하나가 들어 있었다. 한 소년이 커다란 선인장을 끌어안고, 피를 흘리고 있는 모습이었다.

주현_ 소년은 선인장을 사랑해서 선인장을 끌어안았습니다. 따뜻한 행복을 느끼게 해주고 싶었거든요. 하지만 선인장은 웃지 않았어요. 소년은 더 힘껏 끌어안았습니다. 가시가 박혀서 피가 났지만 소년은 멈추지 않았어요. 선인장이 행복하게 되기를 바랐으니까요.

이켠_(에코) 상처가 있는 사람은.. 기어이 그 상처를 다른 사람 가슴에 옮겨

놓는다고 했지. 줄 수 있다면, 그 상처 나한테 주고.. 넌 이제 편안
해지렴. 상처받게 되더라도.. 널 꼭 안아주고 싶어. 상처받게 될지
라도.. 그럼에도 불구하고 널 많이 사랑한다.

풀썩

바람이 빠져버린 풍선 같았어.

끝이라는 너의 말을 듣는 순간

무릎이 꺾여버린 나는

그대로 누워 며칠을 앓았지.

열에 들떠 헤매다가

사흘째 되던 날,

나는 일어났어.

배가 고프더라.

너 없이 산다는 것.

생각할 수조차 없어서

그대로 죽어도 좋다고 생각했는데,

그런데 배가 고프더라.

찬물에 밥을 말아 입에 밀어넣는데

기어이 울컥 터져버린

눈. 물.

책을 사면 제일 먼저

내 이름을 속지에 적곤 했어.

미련했지.

내 안에 녹아든 것만

진짜 내 것이었는데

억지스런 소유의 표식들.

의미 없었는데..

네게도 못나게 억지를 부렸어.

똑같은 반지를 끼워주고

지갑 안에 내 사진, 넣어줬지만

기어이 내 것이 될 수 없던 너.

오늘은 책을 묶어 도서관에 보냈어.

누군가에게 가서

더 행복하게 쓰이길 빌면서.

너도 그러렴.

가서 행복하렴.

책을 묶으며, 미련을 묶었고

책을 보내며, **널 보냈다.**

#093

우연히 사진을 보게 됐어.

너를 막 사랑하기 시작하던 시절의 난,

지금보다 훨씬 짧은 머리를 하고 있더라.

—머리를 좀 길러보지 그러니.

너의 한마디가 나를 바꾸던 시절이었는데..

혹시라도 니가 돌아올까 봐

오래 머리를 자르지 못했어.

치렁해진 머리를 하고 나는 생각하지.

—봄바람이 싫어

바람이 머릿결을 스치면

니가 말없이 내 머리를 쓰다듬던 오후가 생각나니까.

이젠 머리를 잘라야겠어.

니가 돌아오지 않을 길을 떠난 것임을

거울 속 내 짧은 머리를 보면 실감 나겠지.

사랑을 체념하며 난 생각해.

—이제 그만 머리를 잘라야겠어.

졸업식이 많았던 오늘.

꽃이 넘치는, 눈부신 거리를 걷다가

문득 눈길이 멈췄다.

어느 휴지통.

꽃다발이 버려져 있었어.

꽃을 선물한 사람과, 꽃을 버린 사람.

좋은 기억으로 남고 싶었을 누군가와

그 기억을 버리고 싶었던, 또 하나의 누군가.

두 사람은 지금, 각각, 뭘 하고 있을까.

휴지통 속

구겨진 꽃다발을 보며 깨닫는다.

잊힘으로써

비로소 사랑은 죽는다.

네 안의 나.

아직

살아 있니?

네가 사준, 장미 화분은

여전히 그대로 싱그러웠어.

"이봐, 다 끝났다구."
까칠한 목소리로 말해줘도,
그래도 꽃 피우는 녀석을 견디기 힘들어서
베란다로 밀어냈어.

건조한 바람에 잎이 마르고,
스며드는 냉기에 뿌리가 얼면
정말 끝이구나, 녀석도 항복하겠지..
구석에 밀어두고, 보지 않으려 했는데

다시 물을 주고 말았다.

잎을 떨구는 녀석이 안쓰러워서라고
나는 내게 변명했지만, 알고 있었어.

내가 오늘 물을 주었던 것은
아직도 남은 미련이라는 것.

다시 또 물을 주고 말았어.

그 사랑은, 사과와 같았어.

나무에 매달려 있을 땐
그 향기를 알 수 없었지.
껍질을 벗겨낸 뒤
비로소 그 향기를 알게 됐어.
껍질을 벗은 너의 영혼.
숨겨진 그 향기를 알게 된 후
널 사랑하지 않을 수 없었는데

그 사랑은
결국
사과와 같았어.
껍질이 벗겨진 순간부터
색이 바래고 말았지.

솔직한 자신을 보여주는 게
무척 힘이 드는 사람들이 있지.
이제야 겨우 널 이해하지만
그땐 혼자 묻고 또 물었다.

어떻게 사랑이 그리 쉽게 변하니.

낙엽길에서 내가 말했어.

ㅡ이별을 앞두고
나무와 나뭇잎은 어떤 마음일까.

너의 대답을 기억해.

ㅡ어떤 시인이 그랬는데,
가을이 되면 나무들은
이별의 준비로 더욱더 사랑만 한대.

줄 수 있는 모든 걸 주었어야 했는데
아직도 남은 사랑이
작은 바람에도 흔들려.

우리 이별하던 길.
미처 잎을 다 떨구지 못했던..
그 늦가을 나무처럼
오늘도 나는 흔들리고 있어.

몰래 너의 신발을 신어본 적이 있어.

몇 발 떼어보기도 했지.

나에게 걸어올 때

니가 어떤 기분일까

느껴보고 싶었거든.

이렇게 크고 무거운 신발을 신고도

매일 먼 길을 걸어 나를 찾아와 주는구나,

조금 감동하기도 했는데.

하지만 역시 그 발걸음, 너무 무거웠던 걸까.

세상 모든 소리와 구별되는

발소리 하나 갖게 돼서

난 참 행복했었는데..

니가 내게 다가오고 멀어지는 거,

뒤돌아보지 않아도 다 알 수 있었는데..

바보처럼, 왜 듣지 못했을까.

사랑이 멀어지는 소리는.

#099

아주 작은 어항 속에 갇힌 채로도
물고기가 **탈출을 꿈꾸지 않는 이유.**
'기억력' 때문이라고 했어.

돌아서는 순간, 이전의 모든 것을 잊고 말아서
물고기에겐
작은 어항 속이 늘 새로운 세상이라 했지.
다른 세상을 꿈꿀 필요는 없다고 했어.

나 또한 그랬단다.
네 안에 있는 동안엔
오직 '행복한 지금 이 순간' 만이 있었어.
다른 시간, 다른 세상 같은 건 생각지도 않았는데

어느 날 사랑이 깨어졌어.

그러나 기억은 깨어지지 않아서,
물 밖으로 던져진 물고기처럼
숨이 막힌 채, 나는 매일 생각해.

차라리 인어공주처럼
물거품이 되어 사라졌으면 좋겠어.

오랜만에.. 옛날 그 메일함을 열어봤어.

스팸 메일로 꽉 찼기에

전체 선택, 완전 삭제를 눌렀거든.

－정말 삭제하시겠습니까?

'예..' 라고 이미 대답했는데

그제야 네 이름이 눈에 들어오는 거야.

하지만 돌이킬 수 없었지.

이미 '예..' 라고 대답한걸.

한때, 애써 보냈던 내 마음.

그렇게 열어보지도 않고 밀쳐내 버린 너.

뒤늦게 무슨 말이 하고 싶었을까.

끊이지 않는 생각 속에

텅 빈 메일함을 보고 있는데

참 이상하지.

편지는 모두 지워졌는데

내 머리는 자꾸 다시 묻고 있어.

－정말 삭제하셨습니까?

－정말 삭제하셨습니까?

나무, 바람을 사랑하다

초판 1쇄 | 2005년 9월 24일

지은이 | 정현주

펴낸이 | 김영재

펴낸곳 | 책만드는집

주소 | 서울 마포구 합정동 428 - 49 4층(121 - 886)

전화 | 3142 - 1585·6

팩시밀리 | 336 - 8908

E-mail | chaekjip@chol.com

등록 | 1994. 1. 13. 제10 - 927호

ⓒ 정현주, 2005

저자와의 협의에 의해 인지를 생략합니다.

잘못된 책은 구입하신 서점에서 바꾸어드립니다.

ISBN 89-7944-225-4 (03810)